白居易詩選

白居易 著

梁鑒江 選注

潘步釗 導讀

責任編輯　　　江其信
書籍設計　　　道　轍

書　　名　　白居易詩選
著　　者　　白居易
選　　注　　梁鑒江
導　　讀　　潘步釗
出　　版　　三聯書店（香港）有限公司
　　　　　　香港北角英皇道 499 號北角工業大廈 20 樓
　　　　　　Joint Publishing (H.K.) Co., Ltd.
　　　　　　20/F., North Point Industrial Building,
　　　　　　499 King's Road, North Point, Hong Kong
香港發行　　香港聯合書刊物流有限公司
　　　　　　香港新界荃灣德士古道 220 240 號 16 樓
印　　刷　　美雅印刷製本有限公司
　　　　　　香港九龍觀塘榮業街 6 號 4 樓 A 室
版　　次　　1998 年 6 月香港第一版第一次印刷
　　　　　　2021 年 3 月香港第二版第一次印刷
規　　格　　特 32 開（105 mm × 165 mm）272 面
國際書號　　ISBN 978-962-04-4779-2
　　　　　　© 1998, 2021 Joint Publishing (H.K.) Co., Ltd.
　　　　　　Published & Printed in Hong Kong

本書原為我公司出版的《中國歷代詩人選集》叢書（劉逸生主編）之一。

再版說明

　　"三聯文庫"自一九九八年出版，遴選中外文學代表作，包羅古今文類。文庫前後收錄小說、詩詞、散文、戲劇、翻譯作品等八十二種，為讀者提供豐盛的文學滋養，有利於讀者輕鬆閱讀、欣賞經典。

　　文庫初版時值本店成立五十週年，如今本店已逾從心之年，故將重版本文庫以作紀念。為滿足大眾讀者需求，是次再版仍維持優惠的定價，設計則凸顯書本手感與閱讀內文的舒適度，更特邀資深中文科老師、作家撰寫導讀，引導讀者品賞名作。

　　為保全作品原貌，編輯不對原書內文作明顯改動，只修訂部分文字、標點、注釋資料等錯處，以示尊重。雖經細緻校正，惟編輯水平所限，錯漏難免，懇請讀者指正。

三聯書店（香港）有限公司
出版部
二〇二〇年一月

目錄

導讀

潘步釗

唐代詩人中，白居易高壽而多產，留下大量優秀詩歌，其中的《長恨歌》及《琵琶行》，更是長篇敘事詩中頂尖水平的作品，中國文學史上能媲美的不多。除了創作許多優秀詩歌作品，白居易倡導“新樂府”運動，對於中國詩歌在中唐以後的發展，產生很大的影響。

白居易的祖父和父親都是“明經”出身，雖只是地方小官，但白居易自少生活安穩，在科場也算順利，一生安逸閒適，即使貶謫江州司馬，也是從五品官員，生活並不貧困。十六歲初至長安，顧況激賞其《賦得古原草送別》，居易遂以“野火燒不盡，春風吹又生”等詩句開始名重京師。二十九歲第四名舉進士第，平生最高官至太子少傅（二品），最後以刑部尚書致仕，除因“越職”一事而貶謫江州，一生並沒有捲入重大政治風波。閒適安穩的生活，或許影響和造就了他平易親和的詩風。

白居易在《與元九書》中說自己的詩作：“謂

之‘諷諭詩’，兼濟之志也。謂之‘閒適詩’，獨善之義也。故覽僕詩，知僕之道焉。”兼濟獨善，進退趨避有度，是他的“道”，也與其詩風配合。白居易雖然耿介直言，但在官場上，特別是貶謫江州之後，都抱持一種平和沖淡的態度，活像文宗“甘露之變”後，他在東都洛陽寫的《九年十一月二十一日感事而作》中兩句詩：“當君白首同歸日，是我青山獨往時。”這基本是白居易主要的生活態度和溫度，他關懷社會，愛護百姓，但卻不是九死一往的執着激昂，所以他的諷諭詩，以敘述和描寫為主，情感處理非常平實，激憤中永遠帶着客觀冷靜。

他的諷諭詩，常常描繪出一幅幅的畫面，用鏡頭客觀呈現，藝術聚焦和加工放大一些具表現力的細節，像“半匹紅紗一丈綾，繫向牛頭充炭值”（《賣炭翁》）、“是歲江南旱，衢州人食人”（《輕肥》），這些《新樂府》、《秦中吟》等作品，都對平民百姓的不幸，作出血淚的控訴，但在情感用語上，均冷靜而不激越。

歷來批評白詩，愛說“淺俗”，連蘇軾也說過“元輕白俗”。這樣的評價對於白居易的部分詩歌，其實是對的。宋朝張戒《歲寒堂詩話》記載元稹評白詩："道得人心中事,此固白樂天長處。然情意失於太詳,景物失於太露,遂成淺近,略無餘韻,此其所短處。" 葉燮《原詩》則說："其中頹唐俚俗十居六七,若去其六七,所存二三,皆卓然名作也。" 這些評語大抵都準確,白居易詩並非首首俱佳,不好的往往就是情意景物太詳太露。可是與此同時,敏銳深刻,能"道得人心中事",像"同是天涯淪落人,相逢何必曾相識"、"來如春夢不多時,去似朝雲無覓處" 這樣的佳句,直動人心,便是千百年來,讀者喜愛白詩的最重要原因。

回頭再說"淺俗",這是白詩的短處,也是長處。何良俊在《四友叢齋說》中指出:"余最喜白太傅詩,正以其不事雕琢,直寫性情。"《與元九書》中,白居易自言:"至於諷諭者,意激而言質;閒適者,思澹而辭迂。" 所以認識這種藝術處理的"淺",是欣賞白居易好詩的關鍵。

概括來說,詩歌的深淺,可分開"文字與手法"和"思想與用情"兩個層面。白居易詩歌的藝術價值在"言淺意深",就是從語言意象的"淺",令人讀出、感受到背後的思想、寓意和用情的"深"。明代胡應麟《詩藪》的評價最清楚直接:"樂天詩,世謂淺近,以意與語合也。若語淺意深,語近意遠，則最上一乘，何得以此為嫌。" 所謂 "語淺意深，語近意遠，則最上一乘"，就是怎樣在 "淺近" 中，讀到白居易詩歌的 "深遠"。

白居易詩歌的 "言淺意深"，除了講究 "老嫗能解" 的創作態度，最重要是語言平實，喜歡以生活事、眼前景入詩，再加上關懷平和的風格。像《題元（十）八溪居》一詩：

溪嵐漠漠樹重重，水檻山窗次第逢。晚葉尚開紅躑躅，秋房初結白芙蓉。聲來枕上千年鶴，影落杯中五老峯。更愧殷勤留客意，魚鮮飯細酒香濃。

這是白居易抒情寫景詩的典型作品。全詩無複雜技巧或時空的扭捏，只順序平白道來，利用眼前景物、聲音和香氣，描繪了一幅悠然款客、閒適怡樂的山居圖，同時把深秋的山林景色寫得清幽勝絕，文字淺白平實，美景和喜悅之情隱寓其中，正是 "思澹而辭迂" 的清楚例子。另外如《錢塘湖春行》，描寫西湖，也是白描美景，捕捉點染，又能寄寓個人情興，古人譽之 "佳處在象中有興"，正說出白居易這類寫景詩的最大藝術特色。

白居易寫詩雖自言要 "老嫗能解"、"文章合為時而作，歌詩合為事而作"，但這並不代表他不講究技巧。相反，白居易詩歌中常運用多樣不同的手法，是欣賞和學習的上佳對象。白居易文字表現力很強，富敘述能力，像《琵琶行》和《長恨歌》，都是糅合敘事、描寫與抒情的極優秀作品。《琵琶行》中間描寫音樂的四句："大弦嘈嘈如急雨，小弦切切如私語。嘈嘈切切錯雜彈，大珠小珠落玉盤"，融合抽象與具體，徘徊感官與想像，技法高妙，傳神貼切，獨步千古；《秦中吟》裏《輕肥》和《買花》的結尾，善用鋪墊對比的手法，讀者最後恍然驚悟；抒情的"共看明月應垂淚，一夜鄉心五處同"、"君埋泉下泥銷骨，我寄人間雪滿頭"，都是用淺白平易的語言，自然結合人事景物和人生處境，表達出深刻的情思和感受。

除了手法多樣，白詩中的內容思想，也深廣而具不同層次。對世界觀察敏銳深刻、關懷社會，詩風平易親切、語言表現力高，上下深淺，做到真正的雅俗共賞，許多詩句成為後世成語，千古不朽。例如表達生活人生的普遍願望："在天願作比翼鳥，在地願為連理枝"；簡單的說理，如《放言》五首的："周公恐懼流言日，王莽謙恭未篡時"、"草螢有耀終非火，荷露雖圓豈是珠"；韻味深長的

"晚來天欲雪，能飲一杯無"（《問劉十九》）；或者觀察生活，省思感受生命，如"野火燒不盡，春風吹又生"（《賦得古原草送別》）、"長恨春歸無覓處，不知轉入此中來"（《大林寺桃花》）等，都在抒情表意說理各方面，流露出不同的風格與特色。

白居易詩風平易親切，語言活潑而表現力強，再加上技法多變，長至過百句的七言歌行，短至僅二十字的五絕，都各具動人藝術魅力。對世事人生，又觀察敏銳，省思深刻，在淺白的語言中，寄寓深邃的思想內容，他是中國古典詩人中，成功做到"言淺意深"的代表作家。

潘步釗

2021 年 2 月

前言

白居易是我國唐代詩壇上的一顆燦爛的明星，是杜甫以後最偉大的現實主義詩人。他是偉大的人道主義者，他痛恨強暴，憐惜弱小，對掙扎在苦難中的老百姓傾注最深切的同情。他是才華超卓的藝術大師，他的《長恨歌》、《琵琶行》被譽為千古絕調，他的許多筆觸細膩、設色鮮麗的寫景詩至今仍膾炙人口。他是詩歌藝術上的勇敢的革新者，他倡導"新樂府"運動，大膽地衝決前人的樊籬，在元和年間的革新派詩人當中，他是最勇敢、最堅定的一個。

一

白居易，字樂天，號香山居士，祖籍太原，後世遷居下邽（今陝西省渭南縣），大曆七年（772）生於新鄭（今河南省新鄭縣）。他生活在宦官擅權、藩鎮割據、民不聊生的中唐時期。一度統一、強盛的唐帝國，這時已走向衰敗沒落。他出生於沒落的小官僚之家，"上無朝廷附離之援，次無鄉曲吹煦之譽"（《與陳給事書》），家庭政治地位屬中下層。白居易在動蕩不安中送走了他的童年時代，十一二歲則因西河兵亂避走江南，漂泊於蘇、杭、越中一帶。青少年時代刻苦攻讀，以祈振興家道。他描述過當時的讀書情景："十五六始知有進士，苦節讀書。二十已來，晝課賦，夜課書，間又課詩，不遑寢息矣。以至於口舌成瘡，手肘成胝"（《與元九書》）。這雖有點誇張，但確反映出他的苦學精神。十五六歲的時候，他帶着美好的幻想來到了長安，以《賦得古原草送別》一詩嶄露頭角，得到老前輩顧況的賞識。他在長安過了一些日子，逐漸感到周圍的冷漠與污濁。他知道長安不可能有自己的進身之階，最後便失望地離去。"孤舟三適楚，羸馬四經秦。晝行有飢色，夜寢無安魂。東西不暫住，來往若浮雲。離亂失故鄉，骨肉多散分。"（《朱陳村詩》）這是白居易這個時期漂泊生涯的寫照。

二十九歲那年，白居易考取了進士。"二十常苦學，一上謬成名。"（《及第後歸覲留別諸同年》）他感到很得意。後應試拔萃科，及第，授校書郎。

元和元年（806），又應才識兼茂明於體用科，以對策激直，入四等，授盩厔縣尉。元和三年（808），任左拾遺。初授左拾遺時，他明確表示：「倘陛下言動之際，詔令之間，小有遺闕，稍關損益，臣必密陳所見，潛獻所聞。」（《初授拾遺獻書》）這年四月，憲宗策試賢良方正能言直諫科舉人。皇甫湜、牛僧孺、李宗閔在對策中苦詆時政，忤犯宦官，結果因宦官反對不得居上第，考策官、復策官亦遭貶斥。白居易憤然上書，主持公道。他因直言敢諫，為執政者所忌。元和九年（814），改任贊善大夫。元和十年（815），藩鎮李師道、王承宗遣人到長安刺殺宰相武元衡。白居易上疏請急捕賊，以雪國恥，為執政者所惡，以莫須有的罪名貶江州司馬。自此淪落天涯，悲憤悒鬱。

元和十二年（810）十二月，白居易遷忠州刺史，政治上有了轉機。他吸取過去的教訓，採取明哲保身、隨遇而安的處世態度，並從此心向佛、道。長慶元年（821），任尚書主客郎中，知制誥，又轉上柱國，可謂官運亨通。為避免捲進政治鬥爭漩渦，他請求外遷，先後任杭州、蘇州刺史。在杭州任上，他疏浚六井、築堤蓄水，以利灌溉。離任之時，他還將治水要領寫成《錢唐湖石記》，刊於石上，使繼任者知曉。據說離開杭州時，他把官俸留在州庫，作為公家緩急之需。他為官認真，深得百姓愛戴，任滿離蘇時，父老泣別，相送十里。大和元年（827），改任秘書監，又回到了長安。大和二年正月，授刑部侍郎。次年，白居易五十八歲了，他深感年老力乏、宦途多險，便決意引退。春天，以太子賓客分司東都，自此長別帝京。在東都洛陽，他過着"中隱"的生活："似出復似處，非忙亦非閒。不勞心與力，又免饑與寒。終歲無公事，隨月有俸錢。"（《中隱》）既可保富貴，又能遠禍全身。此後，他任過河南尹、太子少傅、刑部尚書等職。會昌六年（846）逝於洛陽。相傳他去世之後，在洛陽龍門過往的行人，都到他墓前灑酒祭奠，以致墓前方丈之土，常成泥濘。

白居易的思想，以貶謫江州為轉折點，前後有明顯的差別。貶謫江州以前，他的"兼濟思想"表現得很突出。"安得萬里裘，蓋裹周四垠？穩暖皆如我，天下無寒人。"（《新製布裘》）他志在衣被天下，惠及萬民。他認為"丈夫貴兼濟"，而不應該"獨善一身"。因此，他疾惡如仇，直言敢諫，大膽地反映民生的痛苦，控訴官吏的罪行，揭露朝政的黑暗，以祈皇帝施以仁政。而貶江州之後，他政治上受到很大的打擊，感到禍福難期，皇恩易失：“眾排恩易失，偏壓勢先傾。虎尾憂危切，鴻毛性命輕……但在前非悟，期無後患嬰。多知非景福，少語是元亨。晦即全身藥，明為伐性兵。昏昏隨世俗，蠢蠢學黎甿……知之一何晚，猶足保餘生。”（《江州赴忠州至江陵已來舟中示舍弟五十韻》）他總結教訓，“面上滅除憂喜色，胸中消盡是非心。”（《詠懷》）他逃避現實，獨善其身，用“醉吟”消磨時日，以佛、道安撫靈魂。誠然，不能說他的“兼濟之志”從此灰飛煙滅，在他後期的作品中，有時也會閃耀出“兼濟”的火花；不過再也沒有熊熊的烈火了。

二

白居易的思想，自始至終指導着他的藝術創作。他在《與元九書》中說：“古人云：‘窮則獨善其身，達則兼濟天下。’僕雖不肖，常師此語。大丈夫所守者道，所待者時。時之來也，為雲龍，為風鵬，勃然突然，陳力以出；時之不來也，為霧豹，為冥鴻，寂兮寥兮，奉身而退。進退出處，何往而不自得哉？故僕志在兼濟，行在獨善：奉而始終之則為道，言而發明之則為詩。謂之'諷諭詩'，兼濟之志也。謂之'閑適詩'，獨善之義也。故覽僕詩，知僕之道焉。"這段話，不僅是詩人政治思想和處世態度的自我表白，還清楚地說明了他的"道"與他的"詩"的密切關係。

白居易把自己的詩分成"諷諭詩"、"閑適詩"、"感傷詩"和"雜律詩"。今按內容分為諷諭詩、敘事詩、抒情詩、寫景詩四類。

諷諭詩。這類詩以《新樂府》、《秦中吟》為代表，總數有一百七十多首，絕大部分作於元和年間。白居易對這類詩十分重視，創作態度也非常認真。"非求官律高，不務文字奇；唯歌生民病，願得天子知。"(《寄唐生》)"為君、為臣、為民、為物、為事而作，不為文而作。"(《新樂府》自序)他寫這些詩有明確的社會政治目的——"救濟人病，裨補時闕"(《與元九書》)。他想通過這些詩，讓統治者體察民情，反省罪過，最後能幡然悔改，立地成佛。他以為這樣老百姓就可以過上好日子，社會就會安定，國家就會強盛，自己的"兼濟"之志就可以實現了。這些詩反映的生活面很廣,涉及的社會問題也很多:有些反映民生的疾苦;有些揭露斂索的殘酷;有些鞭笞統治者的淫侈;有些抨擊統治者的驕橫。揭露之深刻,筆鋒之犀利,在古代文人詩歌中絕無僅有。有人把這些詩稱為諷刺詩,我們認為不夠妥當。因為:一者,白居易寫這些詩的目的在於"諷諭"而不在於諷刺。再者,在這一類詩中,有的只反映某方面情況,沒有明顯的諷刺意味(如《觀刈麥》);有的在反映某種情況之後,接着是作者直接的斥責,沒有採用諷刺手法(如《杜陵叟》)。

敘事詩。這類詩為數不多,以《長恨歌》、《琵琶行》為代表,《新樂府》中的《賣炭翁》、《新豐折臂翁》、《縛戎人》等篇也屬這一類。《長恨歌》寫唐玄宗和楊貴妃的戀愛故事。作者不囿於史實,他通過豐富的想像,以現實主義和浪漫主義相結合的方法,對故事和人物進行了藝術的創造,把楊貴妃作為一個被玩弄、被摧殘的女性來寫,對她傾注滿腔的同情,而對虛偽負心的唐玄宗則作了宛曲的譴責。《琵琶行》寫琵琶女彈奏琵琶和她的不幸遭遇,寄託作者天涯淪落的感憤。白居易的敘事詩所表現的思想,仍是"兼濟"。

抒情詩。這類詩為數很多,分見於前後兩個時期：有些抒發對離散弟兄的思念之情；有些寫對朋友的深摯情誼；有些讚美剛直不阿的情操；有些表現作者對人生、時局的感慨……內容複雜，不一而足。

寫景詩。這類詩純粹寫景的很少，大多在寫景的同時，抒發了作者的感情：或表現對大自然的讚美；或寄託天涯淪落之恨；或表現對某地的眷戀之情……當然，把它們歸在抒情詩一類也未嘗不可。但它們以寫景為主，內容上有自己的特點，可自成一類。

白居易是個熱愛大自然的詩人，公事之餘，他休憩於林壑，寄情於山水。他擅長描寫大自然的各種景致。他的寫景詩筆觸細膩，設色鮮麗，是不可多得的藝術珍品。如：

寫西湖春景——

　　孤山寺北賈亭西，水面初平雲腳低。幾處早鶯爭暖樹，誰家新燕啄春泥。亂花漸欲迷人眼，淺草才能沒馬蹄。最愛湖東行不足，綠楊陰裏白沙堤。

（《錢塘湖春行》）

寫江樓晚景——

　　海天東望夕茫茫，山勢川形闊復長。燈火萬家城四畔，星河一道水中央。風吹古木晴天雨，月照平沙夏夜霜。能就江樓消暑否？比君茅舍校清涼。

（《江樓夕望招客》）

寫暮江秋色——

　　一道殘陽鋪水中，半江瑟瑟半江紅。可憐九月初三夜，露似珍珠月似弓。

（《暮江吟》）

　　白居易無疑是個天才的詩人，他繼承了《詩經》、杜詩的優良傳統，虛心向陶淵明、陳子昂等前輩詩人學習，又從民間文學中吸取養料，再加以大膽創新，形成了自己獨特的風格，下面談談白詩比較突出的藝術特色。

　　第一，語言平白易曉。白居易知道在黑暗的社會環境中，不該寓激憤於婉約，於是以淺易流便的語言，寫出“快心露骨”的詩篇。他的諷諭詩固然平白如話，別的詩也平易暢達，很少用典。為了使更多人讀懂自己的詩，相傳他“每作詩，令一老嫗解之。問曰:'解否?'嫗曰解,則錄之;不解,則又復易之。"(釋惠洪《冷齋夜話》)白詩雖淺,卻經過千錘百煉。宋人張文潛看過白居易的手稿,發現"點竄多與初作不侔"。(胡震亨《唐言癸籤》)因此,白詩言淺而辭美,言淺而意深。

但是,白詩曾因其"淺"而受到一班"莊人雅士"的輕蔑。白居易的同時代人李戡就曾痛詆白詩,恨不得"用法以治之"(杜牧《唐故平盧軍節度巡官隴西李府君墓誌銘》)。宋人蘇東坡也有"元(稹)輕白(居易)俗"之說。他認為白詩局於淺切,傷於俚俗,讀之易厭。這些人都未免失之偏頗。宋人王若虛說得好:"樂天之詩,情致曲盡,入人肝脾,隨物賦形,所在充滿,殆與元氣相侔。至長韻大篇,動數百千言,而順意愜當,句句如一,無爭張牽強之態。此豈撚斷吟鬚,悲鳴口吻者之所能至哉!而世或以淺易輕之,蓋不足與言矣。"(《滹南詩話》)清人葉燮也說,白詩"言淺而深,意微而顯,此風人之能事也……人每易視白,則失之矣……白俚俗處而雅亦在其中,終非庸近可擬"。(《原詩》)可謂有識。

第二,運用強烈的對比突出主題。白居易的諷諭詩,善於描述兩種對立的情況或人物,通過強烈的對比揭露矛盾，抨擊黑暗。如在《輕肥》中，作者描述達官顯宦的豪華酒宴之後，以"是歲江南旱，衢州人食人"作結，深刻地揭示了主題。又如《重賦》：

> ……浚我以求寵，斂索無冬春。織絹未成匹，繰絲未盈斤。里胥迫我納，不許暫逡巡。歲暮天地閉，陰風生破村。夜深煙火盡，霰雪白紛紛。幼者形不蔽，老者體無溫。悲端與寒氣，併入鼻中辛。昨日輸殘稅，因窺官庫門：繒帛如山積，絲絮似雲屯。號為羨餘物，隨月獻至尊。奪我身上暖，買爾眼前恩。進入瓊林庫，歲久化為塵！

由於官府殘酷斂索，百姓"幼者形不蔽，老者體無溫"；而官庫"繒帛如山積，絲絮似雲屯"，百姓的勞動成果被任意糟蹋，化為塵土。詩人以強烈的對比手法，對封建統治者作了無情的揭露和鞭笞。

第三，描寫生動形象。在白詩裏面，有許多生動形象的描寫，顯示出作者卓絕的藝術才華。白詩沒有赤裸裸的說教，作者的思想感情都通過形象去表現。因此，白詩往往具有很強的藝術感染力，給讀者留下深刻的印象。他擅長描寫人物，在他的筆下，各種不同身份的人被描繪得栩栩如生。如在《輕肥》這篇詩裏，作者僅用"意氣驕滿路，鞍馬光照塵"二語，就把宦官不可一世的神態生動地勾勒出來。又如《賣炭翁》：

賣炭翁，伐薪燒炭南山中。滿面塵灰煙火色，兩鬢蒼蒼十指黑。賣炭得錢何所營？身上衣裳口中食。可憐身上衣正單，心憂炭賤願天寒。夜來城上一尺雪，曉駕炭車輾冰轍。牛困人飢日已高，市南門外泥中歇。翩翩兩騎來是誰？黃衣使者白衫兒。手把文書口稱敕，迴車叱牛牽向北。一車炭，千餘斤，宮使驅將惜不得。半疋紅紗一丈綾，繫向牛頭充炭直。

"滿面"二句，寫賣炭老人的外貌，寫得生動傳神，點出人物的年紀、職業，表現燒炭之勞苦，有力地突出了全詩的主題。"心憂"句，寫人物的反常心理；"牛困"句，寫人物的行動：兩句為下文寫宮使的蠻橫作鋪墊。宮使着墨不多，但也寫得異常成功。作者運用"把"字、"稱"字、"迴"字、"叱"字、"牽"字、"驅"字、"繫"字，把這伙人蠻橫無理的行徑寫得入木三分。

白居易不獨擅長描寫人物，還擅長描寫景物。他的寫景詩形象優美，色彩鮮麗，使人如入畫中。他愛用比喻手法，以增強寫景的形象性。他的寫景詩，就如一幅幅技法高超的風景畫，給人以美的享受。

在白詩的所有描寫當中，對琵琶聲的描寫最為著名：

……轉軸撥弦三兩聲，未成曲調先有情。弦弦掩抑聲聲思，似訴平生不得志。低眉信手續續彈，說盡心中無限事。輕攏慢撚抹復挑，初為《霓裳》後《六幺》。大弦嘈嘈如急雨；小弦切切如私語。嘈嘈切切錯雜彈，大珠小珠落玉盤。間關鶯語花底滑，幽咽泉流冰下難。冰泉冷澀弦疑絕，疑絕不通聲暫歇。別有幽愁暗恨生，此時無聲勝有聲。銀瓶乍破水漿迸，鐵騎突出刀槍鳴。曲終收撥當心畫，四弦一聲如裂帛。

（《琵琶行》）

琵琶聲時而宛轉流滑，時而幽凄滯澀，時而喧響沉雄。作者成功運用了比喻手法，把琵琶聲寫得具體可感。他用文學語言，描繪出一種高超的音樂境界，讓讀者去領會彈奏者非凡的技巧，感受她的

"幽愁暗恨"。可以說，在我國古代描寫音樂的所有文字當中，這是最出色的一段。

白居易的詩流傳廣泛，影響深遠。他自己說："自長安抵江西，三四千里，凡鄉校、佛寺、逆旅、行舟之中，往往有題僕詩者。士庶、僧徒、孀婦、處女之口，每每有詠僕詩者。"(《與元九書》)元稹也說："二十年間，禁省、觀寺、郵堠、牆壁之上無不書，王公、妾婦、牛童、馬走之口無不道。至於繕寫模勒，衒賣於市井，或持之以交酒茗者，處處皆是。"(《白氏長慶集序》)白詩不僅廣泛流傳於國內，還流播到當時鄰近的一些國家民族之中。"鷄林賈人，求市頗切，自云本國宰相，每以百金換詩一篇，其甚偽者，宰相輒能辨之。"(《白氏長慶集序》)"白居易諷刺集，契丹主親以本國文字譯出，詔番臣讀之。"(陳繼儒《太平清話》)白詩流傳至日本，據說當時的嵯峨天皇曾抄寫吟誦，藏諸秘府。在我國古代詩人當中，生前就享有這樣高的聲譽的，只有白居易一個。

白居易的《新樂府》、《秦中吟》等光輝的現實主義作品，給中唐以至後世的詩壇以深刻的影響。他與元稹的一些次韻相酬的長篇排律和其他詩篇，被時人稱為"元和體"。它們不僅為時人爭相仿效，還影響到晚唐以至宋代的許多詩人。

三

白居易存詩近三千篇，數量居唐人之冠。本書以藝術為標準，從卷帙浩繁的白詩中選取九十一首。我們的意圖是盡可能選得精一點，但限於水平，恐怕未必能如所願。為使讀者更好地理解詩意，除注釋外，還逐句串譯，對每篇的寫作背景、主題內容和藝術特色也作了簡明扼要的闡析。書後附《白居易年譜簡編》，便於讀者了解白氏的生平梗概。

編次方面，有意識地把藝術性較高、寫得較美的近體詩排在全書之首。詩之外，亦錄小詞數首，畀窺一斑。本書注釋，參考了各家之說，不在此一一列舉。

限於選注者的水平，本書難免有謬誤之處，冀熱心的讀者指正。

梁鑒江
癸亥之春識於寅廬

賦得古原草送別

　　本篇似是作者練習應考的擬作。按照慣例，凡是指定或限定的詩題，都要加上"賦得"二字。

　　據說寫這首詩時，白居易才十六歲。據唐人張固《幽閒鼓吹》載，白氏由於這首詩而受著作郎顧況賞識。此詩立意新穎，它借草取喻，把抽象的"別情"寫得具體可感。詩的前四句道出了一個真理：富有生命力的東西，不管客觀環境怎麼摧殘，也絕不會毀滅，一旦時候到來，就欣欣向榮，生機勃發。由於這兩個原因，這首詩歷來為人們所喜愛。

> 離離原上草，一歲一枯榮。[1]
> 野火燒不盡，春風吹又生。[2]
> 遠芳侵古道，晴翠接荒城。[3]
> 又送王孫去，萋萋滿別情。[4]

注釋

1　"離離"二句：郊野平地上的長長的野草，一年當中一次枯黃，一次茂盛。

　　離離：長貌。原：郊野平地。首句點"古原草"三字，

次句寫草的生長規律和生命力，推出尾聯。"離離"與
"榮"字，把眼前的春草寫得生機勃發。

2　**"野火"二句**：任由野火焚燒，它始終不會滅絕，在春
　　風吹拂的時節，它又蓬勃生長。

　　兩句申足首聯下句，仍寫草的生命力。"不"字、"又"
　　字，把兩句連接起來。宋人范晞文認為這兩句寫得語簡
　　而意暢。

3　**"遠芳"二句**：放眼望去，遠處的春草長到古道上了；
　　在陽光照射下，無邊無際的一片碧綠，與荒城相接。

　　遠芳：指遠處的草。**晴翠**：陽光照射下一片青翠的
　　草色。

　　兩句承前，寫草勢、草色。"遠芳"、"晴翠"，寫出
　　春草茂盛、原野遼闊、草色青翠、春光明艷，與"古
　　道"、"荒城"兩相對照，突出了人事的變遷。一"侵"、
　　一"接"，生動形象地寫出了春草的神。

　　以上為一段，寫"古原草"，為下文寫"別情"作準備。

4　**"又送"二句**：我在此時此地，又要送別您離去，我的
　　別情一如這萋萋的春草，無邊無際，充滿天地啊！

　　王孫：貴族。此指詩人之友。**萋萋**：草盛貌。

　　兩句為一段，寫"別情"。"萋萋"，承前六句，既寫
　　春草，也寫"別情"，使這句詩顯得生動形象而富於感
　　染力。

　　俞陛雲《詩境淺說》："此詩借草取喻，虛實兼寫。起句
　　實賦'草'字，三、四承上'枯榮'而言。唐人詠物，
　　每有僅於末句見本意者，此作亦同之……五、六句'古

道’、‘荒城’，言草所叢生之地；‘遠芳’、‘晴翠’，寫草之狀態；而以‘侵’字、‘接’字，繪其虛神，善於體物，琢句尤工。末句由草關合人事，遠送‘王孫’，與南浦春來，同一魂消黯黯。”

湖亭望水

"面瘦頭斑四十四，遠謫江州為郡吏。"（《謫居》）貶江州以來，白居易可謂壯志蕭條，襟懷寥落。江州司馬是個可有可無的冷官，政事清閒，更使他感到無聊和鬱悶。為了消磨時日，排遣愁腸，除了做詩讀書以外，他或者狂吟於林壑，或者遊賞於村郊。但是，天涯淪落之感，北客南遷之恨，他又怎擺脫得了？

> 久雨南湖漲，新晴北客過。[1]
> 日沉紅有影，風定綠無波；[2]
> 岸沒閭閻少，灘平船舫多。[3]
> 可憐心賞處，其奈獨遊何！[4]

注釋

1　"久雨"二句：雨下久了，南湖的水漲得滿滿的；我在久雨新晴的時候路過這兒。

北客：詩人自指。**過**：經過

兩句交代時間、地點，總起全詩。"南湖"，寫地點。"新晴"，既寫天氣，也交代了時間。"晴"字，引起頷

聯；"漲"字，推出頸聯；"過"字，則帶出下文六句。
"北客"二字，有隱隱的哀愁。

2   "日沉"二句：太陽慢慢西沉，在湖面上投下了又紅又
大的倒影；風定無波，湖面一片碧綠。

兩句承首聯"晴"字，寫"新晴"的湖面景色。

3   "岸沒"二句：湖水淹沒了部分堤岸，遠處有疏疏落落
的農舍；水滿灘平，有許多船泊在那裏。

閻、閭：古以二十五家為里，里有門曰閻、閭。後以代
指民舍。**舫**：船。

兩句承首聯"漲"字，寫遠望湖岸景物。

4   "可憐"二句：在欣賞風景的時候，我如何對付因孤獨
而引起的悲涼？這樣美好的景色也不能使我快樂，真是
可惜啊！

可憐：可惜。韓愈《寒食日出遊》詩："可憐物色阻攜
手，空展霜縑吟九詠。"**處**：時間名詞，非指處所。相
當於"在……時候"，"在……之際"。元稹《鄂州寓
館嚴澗宅》詩："何時最是思君處，月入斜窗曉寺鐘。"
奈……何：何以對付……。

兩句寫"湖亭望水"所感。"可憐"二字，陡然一轉，
推出結句。"獨遊"與"北客"呼應。

  全詩先景後情：以色彩鮮艷而富於生趣之景，反
襯落寞淒清之情。

贈內子

本篇約寫於元和十一年（816）或十二年秋，時白氏在江州。"內子"是丈夫對妻子的稱謂，此指作者之妻楊氏。

> 白髮方興歎，青蛾亦伴愁；[1]
> 寒衣補燈下，小女戲牀頭。[2]
> 闇澹屏幃故，淒涼枕席秋。[3]
> 貧中有等級，猶勝嫁黔婁。[4]

注釋

1　"白髮"二句：我正在歎息的時候，你在身旁作伴，也跟我一樣的憂愁。亦有版本首句作"白髮長興歎"。

　　白髮：作者自指。與下句之"青蛾"相對。亦有因愁多而早生白髮之意。作者鬢髮早白，同期《聞龜兒詠詩》云："才年四十鬢如霜。"青蛾：婦女黛眉的別稱，此借代作者的妻子。

　　兩句點題，並以"愁"字領起全篇。

2　"寒衣"二句：你在燈下縫補寒衣，小女在牀頭玩耍。

　　兩句寫妻女的活動。"寒衣"要"補"，足見其"貧"。

3　"闇澹"二句：屏幃破舊，枕蓆冰冷，一切都顯得暗淡而淒涼。

闇澹：同"暗淡"。屏幃：屏風、幃幕。故：舊。蓆：同"蓆"。秋：謂因秋而冷。

兩句寫屏幃、枕蓆，渲染暗淡淒涼的氣氛，既顯出其"貧"，亦表現其"愁"。

4　"貧中"二句：貧窮之中亦有等級之分，你嫁我比嫁黔婁還算勝一籌啊！

黔婁：春秋時齊國人，他不肯做官，寧願過着窮苦的日子，死時衾不蔽體。

兩句寬慰妻子，亦是自我安慰。

除蘇州刺史別洛城東花

　　寶曆元年（825），白居易五十四歲。三月的一天，他正在洛陽城東賞花，突然奉詔改授蘇州刺史。雖然"洛陽陌上少交親"（《晚春寄微之並崔湖州》），但畢竟有令他難捨之處——別的不說，單是這裏的春花，就叫他觀賞不盡。而且，以五十四歲高齡遠除外郡，到底也不是味兒。然而詔書已下，他是不得不離開洛陽的。二十九日，白氏啟行赴蘇州，行前再一次到城東觀花，並寫下此作。

　　高步瀛《唐宋詩舉要》云："香山晚年之作，多近頹唐，此首特覺風格遒上。"這首詩交織着作者蕭颯、蒼涼、孤單、惜別與無可奈何之感，無論如何也算不得"遒上"。

> 亂雪千花落，新絲兩鬢生。[1]
> 老除吳郡守，春別洛陽城。[2]
> 江上今重去，東城更一行。[3]
> 別花何用伴？勸酒有殘鶯。[4]

注釋

1 **"亂雪"二句**：繁花凋落，如大雪紛飛——我兩鬢又長
出了新的白髮。

絲：喻白髮。

首句寫春晚，既交代了時序，也描繪了眼前之景；次句
寫年老。兩句合起來，表現出詩人蕭颯落寞的心境。

2 **"老除"二句**：我在垂老之年，授蘇州刺史這個官；偏
是春天的時候，與洛陽城作別。

除：拜官授職。**吳郡**：即蘇州。古吳國建都於此。**守**：
秦代一郡的長官。後用為刺史、太守等官職的簡稱。

兩句點題。"老除"，有無限蒼涼之感；"春別"，有依
依惜別之情。兩句引出下聯。

3 **"江上"二句**：現在我重到江上，行前再一次往城東
一遊。

兩句謂因赴蘇州而再一次遊城東。《唐宋詩舉要》：
"樂天長慶二年為杭州刺史，今為蘇州，故云'江上
重去'。"

4 **"別花"二句**：與春花作別，何必要人相伴？有剩下的
幾隻鶯兒勸酒，我就不會覺得孤單。

兩句表面是自我安慰，實際寫出自己的孤單。顯然，詩
人在這裏說的是反話。兩句意思婉折含蓄，有無限蒼涼
之感。

渡淮

寶曆元年（825）三月四日，白氏除蘇州刺史。
二十九日自洛陽出發赴任，途經淮水，寫成此作。

> 淮水東南闊，無風渡亦難。[1]
> 孤煙生乍直，遠樹望多圓。[2]
> 春浪棹聲急，夕陽帆影殘。[3]
> 清流宜映月，今夜重吟看。[4]

注釋

1　“淮水”二句：淮水流至東南，水勢浩渺，即使在無風
　　時渡河，也很不容易。
　　兩句總寫水勢，突出一個“闊”字。

2　“孤煙”二句：一縷輕煙，直直升起；遠望兩岸的樹，
　　只見圓圓的樹冠。
　　乍：始。
　　“孤煙”句，承“無風”。“遠樹”句，承“闊”——遠
　　望樹木，不辨枝葉，只見圓圓的樹冠。兩句寫遠望之
　　景。王維《使至塞上》詩：“大漠孤煙直，長河落日圓。”
　　二語由此化出。

3　“春浪”二句：春浪急促地拍打着行船，黯淡的夕陽映

照着船帆。

殘：指殘陽。

4　**"清流"二句**：清清的流水，與月色相映，夜色宜
人——今晚我又　次吟詠起"月映清淮流"的詩句，
好好地欣賞風景。

吟：作者由"清流宜映月"的夜景，想起何遜《與胡興
安夜別》的詩中的句子，便吟詠起來。

宴散

平橋秋月、笙歌院落、燈火樓臺、雁飛蟬鳴，還有乘涼的小宴。其中有地上之景，有空中之景；有靜的，有動的；有的見之於目，有的聞之於耳。一幕幕，一幅幅，使人心神迷醉，眼花繚亂。不獨如此，還寫了人，他在活動，在感受。在一首僅有四十個字的小詩當中，包含如此豐富的內容，我們不能不佩服作者的本領。

小宴追涼散，平橋步月回。[1]

笙歌歸院落，燈火下樓臺。[2]

殘暑蟬催盡，新秋雁帶來。[3]

將何遣睡興？臨臥舉殘杯。[4]

注釋

1 "小宴"二句：為乘涼而擺設的宴席散了，我踏着月色，從平橋漫步回家。

　追涼：乘涼。

　兩句寫宴散歸家。"回"字，領起下文六句。

2 "笙歌"二句：演奏的樂隊回到院子裏去，樓上的燈火也撤了下來。

笙：古樂器名。笙歌：此代指樂隊。

二語為宴散補寫一筆。

3　"殘暑"二句：蟬聲催日月，殘暑消盡了；雁陣橫
　　空──新秋是牠們帶來的啊！

　　兩句寫蟬鳴、雁飛。

4　"將何"二句：臨睡之時，拿什麼來消遣呢？我將杯中
　　殘酒一飲而盡。

　　殘：剩餘。

　　兩句寫臨睡舉杯。

西河雨夜送客

　　作者與即將遠行的客人，在無星無月的雨夜登樓
宴別。黑雲層疊，雨灑江天，四周一片寂靜。風聲、
雨聲、水聲交織成漫天傷感的音響……飲宴既罷，
客人匆匆登船了。船在黑暗中漸行漸遠，作者竚立江
頭，遙望行舟。他什麼也看不見，只有一點船火，在
茫茫的夜色中越飄越遠……

> 雲黑雨脩脩，江昏水闇流。[1]
> 有風催解纜，無月伴登樓。[2]
> 酒罷無多興，帆開不少留。[3]
> 唯看一點火，遙認是行舟。[4]

注釋

1　“雲黑”二句：黑壓壓的雲，脩脩地飄灑的雨；江面一
　　片昏黑，江水暗暗地流淌。

　　脩脩：象聲詞。形容雨聲。

　　兩句寫雲雨江水，點“雨夜”。

2　“有風”二句：江風淒緊，像催促着離人解纜登程——
　　我們在無月作伴的夜晚登樓宴別。

上句寫風；下句仍然扣住"夜"來寫。兩句暗示"送客"，過渡到下文四句。

以上為一段，寫雨夜送客之景。四句寫了"雲"、"雨"、"江"、"風"四種景物，渲染了蕭颯淒清的氣氛，隱含傷離的情懷，為下文寫離愁作準備。

3　**"酒罷"二句**：別筵既散，大家都興致闌珊——船帆已經張開，再也無法多留一會。

　　興：興致。**少**：同"稍"。

　　兩句寫"酒罷"、"帆開"。"帆開"二字，推出下聯。

4　**"唯看"二句**：船漸行漸遠，江上一片漆黑，我只能憑着那一點船火，辨認出是您遠行的船。

　　兩句寫依依送別。"一點火"，與上文"黑"字、"昏"字呼應。"遙認"二字，隱含萬千愁緒與依依惜別之情。

　　以上為一段，寫"雨夜送客"之情。

　　這首詩情寓景中，情與景高度統一。詩中句句寫愁，卻又不把"愁"字點破。

秋思

秋日的黃昏，詩人因眼前的景物而引起思鄉之情。

> 夕照紅於燒，晴空碧勝藍；[1]
> 獸形雲不一，弓勢月初三。[2]
> 雁思來天北，砧愁滿水南。[3]
> 蕭條秋氣味，未老已深諳。[4]

注釋

1 "夕照"二句：黃昏的落日，比火還要紅；晴空一色，
   比"藍"還要碧綠。
   燒：野火。藍：見《憶江南詞之首》注。

2 "獸形"二句：雲形如獸，變幻不定；初三的新月，彎
   彎如弓。

3 "雁思"二句：看見從北方南來的雁兒，聽到河南岸傳
   過來的砧杵聲，我的心就充滿了鄉愁。
   雁思：由鴻雁而引起的愁思。砧愁：因砧杵聲而引起的
   思鄉之愁。
   二語以雁、砧寫鄉愁，是古代詩人慣用的手法。

4 "蕭條"二句：我雖然還不算老，但早就熟悉秋天的蕭
   條氣味啊！

烏夜啼

《烏夜啼》，曲名，《樂府詩集》列為 “清商辭曲·西曲歌”，宋臨川王劉義慶所作。《舊唐書·音樂誌》：“元嘉十七年，徙彭城王義康於豫章。義慶時為江州，至鎮，相見而哭，為帝所怪，徵還宅，大懼。妓妾夜聞烏啼聲，扣齋閣云：‘明日應有赦。’其年更為南兗州刺史，作此歌。”

本篇通過 “烏” 與 “鸚鵡” 不同處境的對比，表現了作者對貧寒之士的深切同情，同時也斥責了養尊處優、不恤民情的權貴：

> 城上歸時晚，庭前宿處危；[1]
> 月明無葉樹，霜滑有風枝。[2]
> 啼澀飢喉咽，飛低凍翅垂。[3]
> 畫堂鸚鵡鳥，冷暖不相知！[4]

注釋

1　“城上” 二句：烏鴉從城上歸來的時候，天色已晚——牠在庭前的棲宿之所是多麼危險。

　　首句寫時間，點 “夜” 字；次句寫地點，以 “危” 字帶起下面二聯。

2 "月明"二句：月光把光禿禿的樹照得一片明亮，樹枝在風中猛烈地搖擺，寒霜使樹枝變得很滑。

明：動詞，意為照、使……明亮。**滑**：動詞，使……滑。**有風枝**：在風中搖擺的樹枝。

兩句寫"宿處"之"危"。"無葉"而"明"，易為人所見，故"危"；有"風"而"滑"，易於墜地，故"危"。兩句把"危"字寫得具體而深刻。

3 "啼澀"二句：烏鴉飢腸轆轆，喉嚨塞咽，啼聲嘶啞；牠因寒凍而垂下翅膀，無力高飛。

啼澀：謂聲啞，不圓滑流暢。**咽**：聲言因阻塞而低沉。

翅垂：翅膀無力而下垂。

兩句從其自身狀況寫"危"。天寒而"饑"，有斃命之虞，故"危"；"翅垂"無力，遇險不能高飛，故"危"。二語與上聯互相映襯，申足一個"危"字，突出一個"苦"字。

4 "畫堂"二句：那畫堂的鸚鵡，牠不了解寒烏的苦況啊！

畫堂：漢代宮中殿堂。《三輔黃圖·漢宮》："未央宮有……畫堂、甲觀，非常室。"後泛指華麗的堂舍。

冷暖：偏義複詞，取"冷"義。

自河南經亂，關內阻饑，兄弟離散，各在一處。因望月有感，聊書所懷，寄上浮梁大兄、於潛七兄、烏江十五兄，兼示符離及下邽弟妹

貞元十五年（799）二月，宣武節度使董晉死，部下起兵反叛。三月，申、光、蔡等州節度使吳少誠也反叛。兩起叛亂均發生在河南境內。朝廷分兵平亂，戰事蔓延很廣，持續時間也很長。時關內（今陝西省中部、北部及甘肅省部分地區）遇旱饑荒，南方糧食因"河南經亂"不能由水路北運。當時白居易的大兄幼文是浮梁縣（今江西省景德鎮市）主簿，堂兄二人分別為於潛縣（今浙江省臨安縣附近）尉和烏江縣（今安徽省和縣）主簿，作者與弟妹正在符離（今安徽省宿縣），加上下邽（今陝西省渭南縣）的弟妹，分處五地。

一個秋天的晚上，月懸中天，思鄉之愁使作者無法入睡。他仰望團團的明月，想起寥落的田園，念及離散的骨肉，不禁潸然淚下。他想：

時難年荒世業空，弟兄羈旅各西東。[1]
田園寥落干戈後，骨肉流離道路中。[2]

弔影分為千里雁，辭根散作九秋蓬。[3]
共看明月應垂淚，一夜鄉心五處同。[4]

注釋

1　"時難"二句：時局艱危，災難深重，祖先留下的家業
　　都蕩然無存了；弟兄滯留在外，各處東西。

　　難：災難。**年荒**：指當時天旱饑荒。**世業**：唐初授田
　　制，分田為"口分"、"世業"兩種。世業田可子孫相
　　繼。此泛指祖先遺下的產業。**羈旅**：滯留異地。

　　兩句交代背景，點出弟兄離散，為下文作鋪墊。

2　"田園"二句：自從戰事一起，家鄉便土地荒蕪冷落，
　　一家人流離道上，不能相聚。

　　寥落：指土地荒蕪冷落。**干戈**：古代的兩種兵器，代指
　　戰事。**流離**：流落各處，遷徙不定。

　　上句承首句，下句接後句，兩句補足首聯。

3　"弔影"二句：弟兄都分散了，恰如那失羣的孤雁，各
　　自形影相弔；又像那秋天離根的蓬草，四處飄零。

　　弔影：形影相弔，對影感傷，形容孤獨淒涼。**千里雁**：
　　古人以"雁行"比弟兄。**辭根**：離根。**九秋**：秋季三月
　　共九旬，故稱。**蓬**：蓬草。秋天常被風連根拔起，飛散
　　空中。古人以喻遊子行蹤無定。

　　兩句寫弟兄睽離的苦況，由前聯下句引出。"分"字、
　　"散"字，與"西東"呼應。"千里雁"、"九秋蓬"，與
　　"流離"呼應。"弔影"二字，淒涼特甚，帶出尾聯。

以上為一段，寫時難流離，弟兄分散。

4　　"共看"二句：今晚也許大家都在不同的地方，對着這共同的明月，思念起自己的親人——分處五地的弟兄，有着同一的鄉愁啊！

兩句為一段，點明題意，突出中心。結句以明月為媒介，寫出分散各地的人共同的思想感情，這是白詩的慣用手法。

贈楊秘書巨源

楊巨源，字景山，河中（今山西省永濟縣）人，與白居易同時而稍年長。貞元五年（789）舉進士第，由秘書郎擢太常博士、禮部員外郎；後貶為鳳翔少尹，復召為國子監司業。一生官位卑下，年七十告歸。詩人題下原注：“楊嘗有《贈盧汀州詩》云：‘三刀夢益州，一箭取遼城。’由是知名。”可見他的詩名早為白居易所熟悉。

本篇作於元和初年二人新結識之時。

> 早聞一箭取遼城，相識雖新有故情。[1]
> 清句三朝誰是敵？白鬚四海半為兄。[2]
> 貧家薙草時時入，瘦馬尋花處處行。[3]
> 不用更教詩過好，折君官職是聲名。[4]

注釋

1　**“早聞”二句**：早就聽到您“一箭取遼城”這樣的好詩句了，我們雖然新近相識，卻有老朋友一樣的感情。

　　故情：老朋友的感情。

　　兩句言一見如故。上句讚楊巨源詩好，引出頷聯。

2 　"清句"二句：您詩句清新，縱觀三朝，誰是您的對
　　手？因為您的年輩較長，四海之內，很多人都尊您為老
　　大哥。

　　清句：清新的詩句。**三朝**：指唐德宗、順宗和憲宗三
　　朝。**敵**：敵手，對手。**白鬚**：謂年長。

　　兩句承"早聞"句，表示對楊的推崇。

3 　"貧家"二句：您門前冷落，滿生野草，只有割草的窮
　　人才常常到您家；但您毫不介意，騎着瘦馬到處遊賞
　　風景。

　　薙：除去野草。

　　兩句寫楊的家境、風度。"貧家"句，從側面寫其門庭
　　冷落。騎着"瘦馬"而"尋花處處"，見其秉性灑脫。

4 　"不用"二句：用不着把詩寫得過分好——折損您的官
　　位的，正是您的詩名啊！

　　教：使，叫。**折**：折損。

　　兩句是詩人的感慨：一方面讚美楊詩，一方面對楊的處
　　境表示同情。《唐宋詩醇》認為"結是戲語"，似與詩人
　　原意未合。

欲與元八卜鄰，先有是贈

　　元八，元宗簡，字居敬，河南人。舉進士，累官御史尚書郎、京兆少尹。死後，白居易曾為他的文集作序。本詩約寫於元和十年（815）春，時詩人任太子左贊善大夫。白居易欲與元八卜鄰，先寫此作，表現了兩人深厚的情誼。於此詩之後，白氏另有《和牽元八侍御昇平新居四絕句》；其四《松樹》云：“白金換得青松樹，君既先栽我不栽。幸有西風易憑仗，夜深偷送好聲來。”

　　關於這首詩，俞陛雲《詩境淺說》評云：“此詩論句法，則層層推進；論交情，則愈轉愈深。在七律中此格甚少，詞句亦流轉而雅切也。”

> 平生心跡最相親，欲隱牆東不為身。[1]
> 明月好同三徑夜，綠楊宜作兩家春。[2]
> 每因暫出猶思伴，豈得安居不擇鄰？[3]
> 何獨終身數相見，子孫長作隔牆人。[4]

注釋

1　　“平生”二句：我們兩人平生志趣相同，最為相親，大家都想找個不惹人注目的地方隱居下來，不願為謀求進身而拋頭露面。

牆東：喻隱者所居。《後漢書·逢萌傳》記當時諺語："避世牆東王君公。"唐代仍以"牆東"指仕途失意者的居地。**身**：指進身。

兩句謂二人志趣相同，正好為鄰，總起全篇。

2 **"明月"二句**：我想與您結鄰隱居，晚上好同在月下徘徊，也讓兩家平分綠楊和春色。

三徑：趙岐《三輔決錄》："蔣詡，字元卿，舍中竹下開三徑。"陶潛《歸去來辭》："三徑就荒。"後以三徑指隱者所居。

綠楊：《南史·陸慧曉傳》："慧曉與張融并宅，其間有池，池上有二株楊柳。"此用陸慧曉與張融結鄰典故。

兩句寫"欲與元八卜鄰"的原因。

3 **"每因"二句**：暫時外出，往往還想有個好伴侶，久住豈能不選擇好鄰居？

4 **"何獨"一句**：我們結鄰，豈只是為了這一輩子彼此能常常相見，我們子孫後代也可以隔牆同住啊！

四句均寫"欲與元八卜鄰"的原因，後兩句意思又較上兩句推進一層，兩句之間也層層推進。

編集拙詩成一十五卷，因題卷末，戲贈元九、李二十

　　元和十年（815）作於江州。

　　白氏元和十年貶江州後，自編詩集凡十五卷約八百首，分諷諭詩、閒適詩、感傷詩、雜律詩四類。集成題此作。以後所作詩文，又陸續編訂，抄成副本，分藏各地。經唐末五代戰亂，原抄本均已散佚。宋紹興年間刻的《白氏長慶集》是現存最早的白氏詩文集，共七十一卷。

一篇《長恨》有風情，十首《秦吟》近正聲。[1]
　　每被老元偷格律，苦教短李伏歌行。[2]
　　世間富貴應無分，身後文章合有名。[3]
　　莫怪氣粗言語大，新排十五卷詩成。[4]

注釋

1　　"一篇"二句：一篇《長恨歌》寄託着我的思想感情，十首《秦中吟》都是正大之音。

　　風情：泛指懷抱、志趣。《晉書·袁宏傳》："曾為詠史詩，是其風情所寄。"

兩句以《長恨歌》、《秦中吟》為代表，對自己的詩集作出評價。

2　**"每被"二句**：常被老元偷學我的詩歌風格，硬是使短李佩服我的歌行。

　　老元：指元稹。作者原注："元九向江陵日，嘗以拙詩一軸贈行，自後格變。"**格律**：指詩歌風格。**短李**：指李紳。他身材短小，時人稱為"短李"。作者自注："李二十嘗自負歌行，近見予《樂府》五十首，默然心伏。"兩句寫自己的詩歌對別人的影響。

3　**"世間"二句**：人世間的富貴該沒有我的份吧，但死後我的文章會為我贏得聲名。

　　合：該。與"應"互文。

4　**"莫怪"二句**：莫怪我口氣太大，我的十五卷詩集剛剛編成。

放言（五首選二）並序

元九在江陵時，有《放言》長句詩五首，韻
高而體律，意古而詞新。予每詠之，甚覺有
味，雖前輩深於詩者，未有此作。唯李頎有
云：“濟水至清河自濁，周公大聖接輿狂。”
斯句近之矣。予出佐潯陽，未屆所任，舟中
多暇，江上獨吟，因綴五篇，以續其意耳。

這是白居易和元稹之作，寫於元和十年（815）
貶江州途中。這裏選的是第一、第三兩首。

作者就武元衡被刺上書言事，本出於忠憤，卻因
奸邪讒害而獲罪被貶。他痛感朝廷的昏暗和人世的不
平，在《與楊虞卿書》中憤憤地寫道：“去年六月，
盜殺右丞相於通衢中，迸血髓，磔髮肉，所不忍道。
合朝震慄，不知所云。僕以為書籍以來，未有此事。
國辱臣死，此其時耶！苟有所見，雖畎畝皂隸之臣，
不當默默；況在班列，而能勝其痛憤耶？故武相之氣
平明絕，僕之書奏日午入。兩日之內，滿城皆知之。
其不與者，或誣以偽言，或構以非語。且浩浩者，不
酌時事大小與僕言當否，皆曰：‘丞郎、給舍、諫官、

御史尚未論請，而贊善大夫何反憂國之其甚也？'僕聞此語，退而思之。贊善大夫誠賤冗耳！朝廷有非常事，即日獨進封章，謂之忠，謂之憤，亦無愧矣。謂之妄，謂之狂，又敢逃乎？且以此獲辜，顧何如耳？況又不以此為罪名乎？"作者深信，人世間雖真偽難辨，忠奸莫分，但是草螢非火，荷露終究也不是珠，時間將會作出結論。在真理的光照與火鍛中，虛偽邪惡會現出原形，而真珠、美玉最終會抹淨它們身上的塵土，閃耀出真與美的光彩。

之一

朝真暮偽何人辨？古往今來底事無？[1]
但愛臧生能詐聖，可知甯子解佯愚？[2]
草螢有耀終非火，荷露雖團豈是珠？[3]
不取燔柴兼照乘，可憐光彩亦何殊？[4]

注釋

1　"朝真"二句：早上看來是真的，晚上又覺得虛假了——事物的真假誰能分辨得出？古往今來，人世間什麼事情沒有？

底：何，什麼。白居易《早出晚歸》詩亦有"自問東京
作底來"句。

兩句以反問開頭，總起全詩。"辨"字是詩眼，全詩均
在"辨"字上着筆。"朝"與"暮"，說明世人的真偽觀
念變化無常。"古往今來"，概括時間；"底事無"，概
括事情，推出頷聯。

2   "但愛"二句：人們只懂得盲目愛戴臧武仲一類詐裝聖
賢的人，怎知道世間還有甯武子那樣裝癡作傻的真正賢
人呢？

但：只。臧生：指臧武仲。《論語・憲問》："子曰：'臧
武仲以防求為後於魯。雖曰不要（要挾）君，吾不信
也。'"《左傳・襄公二十二年》杜氏注："武仲多知，
時人謂之聖。"武仲，臧孫氏，名紇，官司寇，封於
防。他為人奸詐，憑藉防地要挾魯君，卻又裝作聖人的
樣子，騙取時人的愛戴。詐聖：詐裝聖人。可知：豈
知；哪知；怎知。甯子：指甯武子。《論語・公冶長》：
"甯武子，邦有道則知（智），邦無道則愚。其知可及
也，其愚不可及也。"解：能。兩句"能"、"解"，互
文見義。佯愚：裝癡作傻。

兩句以臧生詐聖、甯子佯愚為例，申足"何人辨"三
字。"但"字、"豈"字，與"何人"呼應。上、下句
對比。

3   "草螢"二句：草螢有光，終究也不是火；荷葉上的露
水雖圓，怎會是珍珠？

耀：光。團：圓。

兩句意思一轉，以草螢非火、荷露非珠說明真偽本質迥異，不能相混。"螢"與"火"，"露"與"珠"，兩相對比。"螢"、"火"、"露"、"珠"，均是比喻。

4　"不取"二句：如果不用明亮的火焰和照乘珠來加以比較，螢與火、露與珠的光彩又有什麼差異呢？

燔柴：《禮記·祭法》："燔柴於泰壇"句疏："謂積薪於壇上，而取玉及牲置柴上燔之，使氣達於天也。"燔，焚燒。

照乘：珠名。《史記·田敬仲完世家》：齊威王"與魏王會田於郊。魏王問曰：'王亦有寶乎？'威王曰：'無有'。梁王曰：'若寡人國小也，尚有徑寸之珠，照車前後各十二乘者十枚，奈何以萬乘之國而無寶乎？'"可惜：可惜。殊：異。

兩句緊承上聯，指出如不用真理來鑑別，真偽便看不出有什麼差異。"燔柴"、"照乘"也是比喻，分別與"草螢"、"荷珠"形成強烈對比。

本篇既飽含痛憤之情，也說明了人生的哲理。作者運用反問、對比、比喻等多種修辭手法，使情和理自然揉合，把一首短短的七律寫得生動、深刻、發人深省。

之三

這一首與前一首主題相同。

贈君一法決狐疑，不用鑽龜與祝蓍。[1]
試玉要燒三日滿，辨材須待七年期。[2]
周公恐懼流言日，王莽謙恭未篡時。[3]
向使當初身便死，一生真偽有誰知？[4]

注釋

1 **"贈君"二句**：我贈您一個方法，使您不致猶豫不決；
決斷事物的真偽，用不着鑽龜甲占卜，也用不着拿蓍草
問卦。
狐疑：猶豫不決。**鑽龜與祝蓍**：古代的兩種占卜方法：
在龜上鑽孔後再燒灼看裂紋以卜吉凶，用蓍草的莖來
占卦。
兩句以"一法"總起全篇。

2 **"試玉"二句**：要燒足三日才能試出玉的真假；要等七
年期滿才能把豫木、樟木分辨出來。
試玉：作者自注："真玉燒三日不熱。"《淮南子・俶真
訓》："鍾山之玉，炊以爐炭，三日之夜而色澤不變。"
作者本此。**辨材**：作者自注："豫章木生七年而後知。"
豫章，枕木和樟木。《史記・司馬相如傳》："其北則有

陰林巨樹，梗枏豫章。"《正義》云："豫，今之枕木也；章，今之樟木也。二木生至七年，枕樟乃可分別。"

兩句以試玉、辨材為例，說明分別真假需要時間。

3　"周公"二句：周公在流言誣陷他的時候因恐懼而避居，王莽未篡漢的時候裝作謙恭下士。

周公：名旦，周武王之弟，成王之叔。武王死，周公因成王年幼攝政。管、蔡、霍三叔以流言誣陷，說他要篡位，周公因而避居東都，不問政事。後成王悟，迎周公歸，三叔俱叛。成王命周公出征，奠定東南。旦：一作"後"。王莽謙恭：《漢書·王莽傳》："（莽）爵位益尊，節操愈謙。散輿馬衣裘，振施賓客，家無所餘。收贍名士，交結將相卿大夫甚眾……欲令名譽過前人，遂克己不倦。"後來弒君篡位，一反常態。

兩句承上聯，說明時間是辨別是非真偽的試金石。

4　"向使"二句：假使他們當初便死了，一生的真偽誰還了解？

向使：猶言假使，假如。有·一作"復"。

兩句緊承上聯，點出主題。

題元（十）八溪居

本篇作於元和十一至十二年（816—817）間，時作者在江州。元八，當為元十八之誤。元八當時正在長安做官，未到廬山。元十八即元集虛，河南人，詩人任江州司馬時他正隱居廬山，後任職於桂管觀察使裴行立幕府。

這首詩成功地描繪了一幅山中溪居圖，把深秋的山林景色寫得清幽勝絕。

> 溪嵐漠漠樹重重，水檻山窗次第逢。[1]
> 晚葉尚開紅躑躅，秋房初結白芙蓉。[2]
> 聲來枕上千年鶴，影落杯中五老峯。[3]
> 更愧殷勤留客意，魚鮮飯細酒香濃。[4]

注釋

1　"溪嵐"二句：溪嵐淡淡，林木層層，一路行來，又是水檻，又是山窗，好個隱居的地方。
　　兩句點"溪居"二字，從大處落筆，概寫元十八居處的環境。

2　"晚葉"二句：紅躑躅還有遲開的花朵，初秋的白蓮花剛剛結出了蓮蓬。

紅躑躅：灌木名。花紅，漏斗狀，陰曆四五月間開。

房：指蓮蓬。亦作"芳"。**白芙蓉**：即白蓮花。

上句寫秋花，下句寫秋蓮蓬。兩句色彩濃艷，生趣盎然。

3　**"聲來"二句**：躺在牀上，可以聽見白鶴的鳴叫；坐在家中飲酒，就能夠玩賞到五老峯的佳景。

千年鶴：《搜神後記》："丁令威，本遼東人學道於靈虛山。後化鶴歸遼……徘徊空中而言曰：'有鳥有鳥丁令威，去家千年今始歸；城郭如故人民非，何不學仙離冢壘？'遂高上衝天。"此當化用其典。**"影落"句**：意謂五老峯就在跟前，坐在家中飲酒，五老峯的影子能落在杯中。《太平寰宇記·江州》："五老峯在廬山東，懸崖突出，如五人相逐羅列之狀。"

上句寫鶴鳴，下句寫山影。"影落"句與"山窗"句呼應。

4　**"更愧"二句**：主人拿鮮魚、美酒和精細的米飯招待我，表現出殷勤留客的情意，我實在受之有愧。

飯細：米飯精細。

兩句寫主人待客之殷勤，也從物產方面對"溪居"補寫一筆。"更"字，連結上下文。

香爐峯下新卜山居，草堂初成，偶題東壁

白氏《廬山草堂記》："匡廬奇秀，甲天下山。山北峯曰香爐，峯北寺曰遺愛寺，介峯寺間，其境勝絕，又甲廬山。元和十一年（816）秋，太原人白樂天見而愛之，若遠行客過故鄉，戀戀不能去。因面峯腋寺作為草堂。明年春，草堂成。三間兩柱，二室四牖，廣袤豐殺，一稱心力。……時三月二十七日，始居新堂。"四月九日，與朋友"凡二十有二人，具齋施茶果以落之"。

五架三間新草堂，石階桂柱竹編牆。[1]
南簷納日冬天暖，北戶迎風夏月涼。[2]
灑砌飛泉才有點，拂窗斜竹不成行。[3]
來春更葺東廂屋，紙閣蘆簾着孟光。[4]

注釋

1　"五架"二句：新草堂五架三間，用石砌成臺階，用桂作柱子，牆是用竹編成的。
　　五架三間：以柱承樑，兩柱之間謂之"架"；用牆分隔

謂之"間"。《唐會要》卷三十一："准營繕令：六品、七品已下堂舍，不得過三間五架，門屋不得過一間兩架。"白氏時為司馬，雖是五品，但本階是將仕郎（從九品下），只能蓋"五架三間"。

兩句寫草堂的形制和建築材料。"新草堂"三字點題，領起全篇。

2 **"南簷"二句：** 南面房簷高敞，可以多進陽光，冬天暖和；向北的門，夏季承受北風，十分涼快。

南簷：《廬山草堂記》："敞南甍，納陽日，虞祁寒也。"

北戶：《廬山草堂記》："洞北戶，來陰風，防徂暑也。"戶，門。

兩句謂草堂冬暖夏涼，宜於居住。

3 **"灑砌"二句：** 從附近引來的泉水，飛瀉而下，水點灑落在臺階之上；不成行的山竹，枝竿橫斜，輕拂着門窗子。

灑砌：《廬山草堂記》："堂西倚北崖右趾，以剖竹架空，引崖上泉，脈分線懸，自簷注砌，累累如貫珠，霏微如雨露，滴瀝飄灑，隨風遠去。"砌，臺階。**拂窗：**《廬山草堂記》："臺南有方池，倍平臺。環池多山竹野卉。"兩句寫新草堂清幽的環境。

4 **"來春"二句：** 明春再蓋一間東廂屋，閣上以紙糊壁，用蘆蓆做簾子，讓我的妻子居住。

葺： 用茅草覆蓋房子。**孟光：** 東漢梁鴻的妻子。鴻不願為官，與妻子隱居，二人相敬如賓。此借指妻子楊氏。兩句寫新草堂的擴建計劃。

這首詩兩句為一層,從不同的角度寫草堂。詩中洋溢着"草堂初成"之喜,卻不加以點破,這是它成功之處。

南湖早春

南湖，指鄱陽湖南部。鄱陽湖分南湖、北湖兩部分。

何良俊《四友齋叢說》："白太傅言：洛城內外六七十里間，凡觀寺丘墅有泉石花竹者，靡不遊。"淪落江州以後，更是吟詠於荒郊，寄情於山水。在"繞郭荷花三十里"（《餘杭形勝》）的杭州，雖然人事繁雜，他也總要尋找機會去讓湖光山色洗滌自己的煩襟滯念。至於諳盡宦途滋味的晚年，就更不必說了。白居易不能算是田園詩人，熱愛大自然卻是他的天性。翻開一部《白香山集》，我們可以看到許多吟詠山水的佳作，它們像一幅幅絕妙的山水畫，色彩鮮明，饒有生趣，儘管有時會拖上條不快的尾巴，仍能給人一種美的享受。

讓我們看看這幅"南湖早春"圖：

風回雲斷雨初晴，返照湖邊暖復明。[1]
亂點碎紅山杏發，平鋪新綠水蘋生。[2]
翅低白雁飛仍重，舌澀黃鸝語未成。[3]
不道江南春不好，年年衰病減心情。[4]

注釋

1 **"風回"二句**：春風吹拂，烏雲散盡，雨過天晴，太陽重把湖邊照得又和暖又明亮。

斷：盡。**暖復明**：又和暖又明亮。

兩句寫"南湖早春"的天氣。"返照"承"初晴"。兩句寫了"風"、"雲"、"雨"、"日"。最後歸結為"暖復明"三字，總起全詩。

2 **"亂點"二句**：湖邊，山杏花開，星星點點，紅艷可愛；湖上，水蘋長出了嫩綠的葉子，平鋪水面。

水蘋：多年生水草，莖橫臥於淺水泥中，四片小葉，組成一複葉，形如"田"字。

兩句寫"南湖早春"的植物。寫"山杏"，則"亂點碎紅"；寫"水蘋"，則"平鋪新綠"。二語緊扣"早春"二字，把景物寫得色彩鮮明，饒有生趣。

3 **"翅低"二句**：羽毛未豐的白雁，低低飛翔，翅膀仍不輕捷；學語的黃鸝，舌頭很不靈活，歌也唱不流利。

舌澀：謂舌頭不靈活。

兩句寫"南湖早春"的動物。一"飛"、一"語"、一"重"、一"澀"，把新生的白雁、黃鸝寫得何等生動！

4 **"不道"二句**：不是說江南的春色不好，是因為我年年衰病，興致不高啊！

不道：不是説。

這兩句寫詩人的感慨，意思是説：江南春色很美，由於自己衰老多病，未能盡情玩賞，實在辜負了大好春光。"不道"句，總結上文，推出結句。

潯陽春（三首選一）

春生

這是組詩的首篇。

和風輕拂，園鳥啼鳴，草色染綠了河岸，枝頭點綴着花房……春天的使者又一次來到了潯陽（今江西省九江市）。酷愛大自然的作者，最先感覺到了春天的氣息。然而他沒有喜悅，只有傷感——眼前的一切，又一次觸發起他的思鄉之愁和淪落之恨：

> 春生何處闇周遊？海角天涯遍始休。[1]
> 先遣和風報消息，續教啼鳥說來由。[2]
> 展張草色長河畔，點綴花房小樹頭。[3]
> 若到故園應覓我，為傳淪落在江州！[4]

注釋

[1] **"春生"二句**：春意萌發了！春天啊，您不聲不響地到哪裏去周遊？您必定走遍海角天涯才肯罷休。

春生：春天發生，春意萌發。**闇**：同"暗"。秘密；不顯露。**海角天涯**：形容極遙遠的地方。

兩句點題，以設問總起。

2　"先遣"二句：首先派遣和風傳報您到來的消息，接着就叫啼鳥説明您的來由。

續：接着。教：使；叫。

兩句寫和風、啼鳥。"先"字、"續"字，表明時間先後，亦有連接上下兩句的"遣"字、"報"字、"教"字、"説"字，以及下聯的"展張"、"點綴"，生動具體地寫出了春意。

3　"展張"二句：您給綿延的河岸鋪上了嫩綠的草色，您用花冠點綴着小樹的枝頭。

展張：舒展；鋪蓋。花房：花冠，花瓣的總稱。

兩句寫草色、花房，色澤嬌艷，句意清新，描寫準確。

4　"若到"二句：這個時節，故鄉的親友該在尋找我吧，您倘若到了那兒，請為我捎句口信，説我正淪落在江州！

為傳：為……捎句話。

兩句寫對故園的思念和淪落江州的怨憤，點出主題，"若到故園"，與首聯下句呼應。

這首詩構思巧妙，別具一格。作者運用擬人手法，通過景物描寫，婉曲地表達了內心的痛苦和怨憤。

題岳陽樓

　　由於朝中好友崔羣援助，元和十二年（818）十二月二十日白居易奉旨改授忠州刺史。貶謫生活從此結束。還朝又有了希望。"忠州好惡何須問？鳥得辭籠不擇林！"（《除忠州寄謝崔相公》）他只感到一種獲釋的狂喜，至於忠州是不是個好地方，那就顧不得許多了。

　　因時近除夕，詩人沒有馬上就任，在江州過了最後的一個春節，翌年春天才入峽赴忠州。"不知遠郡何時到？猶喜全家此去同。萬里王程三峽外，百年生計一舟中！"（《入峽次巴東》）他携家（其弟行簡亦隨行）溯江而上。一天，船經岳州，他登上了著名的岳陽樓，見洞庭湖中煙水茫茫，猿啼雁飛，有感而題下了這首詩。詩中既流露出赴任之喜，也感歎旅途的辛勞。

　　岳陽城下水漫漫，獨上危樓憑曲欄。[1]
　　春岸綠時連夢澤，夕波紅處近長安。[2]
　　猿攀樹立啼何苦？雁點湖飛渡亦難！[3]
　　此地唯堪畫圖障，華堂張與貴人看。[4]

注釋

1 **"岳陽"二句**：我獨自登上了岳陽樓。憑欄遠眺望，只見岳陽城下，無邊無際的一片碧水。

岳陽樓：岳陽城西門樓。在今湖南省岳陽市。《岳陽風土記》："（岳陽樓）城西門樓也。下瞰洞庭，景物寬闊。唐開元四年，中書令張説除守此州，每與才士登樓賦詩，自爾名著。"**漫漫**：水大的樣子。**危**：高聳的樣子。**憑**：一作"倚"，意同。

兩句寫登樓臨眺，總起全詩。

2 **"春岸"二句**：春天的堤岸與雲夢澤綠成一片，在夕陽照耀下翻湧着紅波的地方，與長安接近。

夢澤：即雲夢澤。古時面積很大，後因淤積而逐漸縮小。唐代，雲夢澤一般指岳陽南邊的青草湖。《元和郡縣誌·岳州》："巴丘湖又名青草湖，……俗云古雲夢澤也。"《岳陽風土記》載：青草湖冬春水涸，長有青草。

近長安：《晉書·明帝紀》："（明帝）為元帝所寵異，年數歲，嘗坐置膝前，屬長安使來，因問帝曰：'汝謂日與長安孰遠？'對曰：'長安近——不聞人從日邊來，居然可知也。'元帝異之。明日，宴羣僚，又問之。對曰：'日近。'元帝失色，曰：'何乃異間者之言乎？'對曰：'舉目則見日，不見長安。'由是益奇之。"此處化用其典，既寫出眼前遼遠之景，亦暗示岳州較江州接近長安一步，自己又有了還朝的希望。

兩句寫春岸、夕波。"連"字，既寫出春意濃鬱，也寫出景色壯闊；"近"字，以誇張手法寫遼闊的水勢，與首句"漫漫"呼應，亦表現詩人赴任岳州刺史的喜悅心情。白氏改詩苦心，於此可見。本聯色彩濃烈，氣勢宏闊，是寫景名句。

4　**"猿攀"二句**：猿猴攀樹站立，啼叫得多麼悽苦；雁兒在湖面上點水飛翔，渡越這遼闊的湖面亦很不容易。

　　點：動詞，點水。

　　兩句寫猿、雁，既實寫眼前之景，亦暗示旅途艱苦。寫"猿"，曰"攀"，曰"立"，曰"啼"；寫"雁"，曰"點"，曰"飛"，曰"渡"。選用動詞貼切、生動。

4　**"此地"二句**：這地方的景色，可以畫成畫幅、畫幛，張掛在貴人華麗的廳堂上，讓他們看看。

　　唯堪：只可以。**圖障**：畫圖，畫幛。**華堂**：華麗的廳堂。**張**：張掛。

　　兩句寫登樓臨眺所感。末句譏刺貴人不出門。

得行簡書，聞欲下峽，先以此寄

行簡，字知退，作者之弟。進士及第，歷官左拾遺、主客郎中。有《白郎中集》，集中詩文多已散佚，今存詩七首、傳奇數篇。

元和十三年（818），行簡任職於東川節度使盧坦幕府。這年冬天，盧坦死，行簡擬自梓州（今四川省三臺縣，東川節度使治所）赴江州，先寄信告知其兄。白居易得信後隨即寫此詩以作覆。

朝來又得東川信，欲取春初發梓州。¹
書報九江聞暫喜，路經三峽想還愁。²
瀟湘瘴霧加餐飯，灩澦驚波穩泊舟。³
欲寄兩行迎爾淚，長江不肯向西流！⁴

注釋

1　"朝來"二句：早上我又收到你從東川寄來的信，你說想在明年春初從梓州出發到這裏來。

　　欲取春初：想在初春這個時候。發：出發。

　　兩句點"得行簡書，聞欲下峽"，為下文作鋪墊。

2　"書報"二句：信到九江時，我得知這消息，先是感到高興；但想到你要途經三峽，心裏又有點發愁。

書：信。**報**：傳達。**九江**：今江西省九江市。白居易貶
地。**暫**：始；初。**三峽**：長江流經四川省奉節縣與湖北
省宜昌市之間，有瞿塘峽、巫峽和西陵峽，兩岸連山，
水勢洶湧。**還**：又。

兩句承上聯，寫得信後的心情。由"喜"而"愁"，見
出詩人對弟弟的深摯感情。"愁"字，推出下聯。

3　**"瀟湘"二句**：瀟湘一帶是瘴霧之地，路經這裏要多吃
點飯，灩澦堆附近波濤洶湧，要穩泊舟船。

瀟湘：瀟水和湘水。在湖南省境內。此作這一帶地區
的代稱。**瘴霧**：南方山林間濕熱蒸鬱之氣。據說能使
人得病。**加餐飯**：勸人增加飲食，保重身體之語。《古
詩十九首》："棄捐勿復道，努力加餐飯。"**灩澦**：即
灩澦堆，一名淫預堆。在瞿塘峽口江水當中。唐代民
謠："淫預大如馬，瞿塘不可下；淫預大如牛，瞿塘不
可留。"

兩句承上聯，寫對弟弟的叮囑。"瘴霧"、"驚濤"，是
"愁"的原因。"加餐"、"穩泊"，情意自見。

4　**"欲寄"二句**：歡迎你啊——我高興得流出了熱淚。想
託長江把這歡喜的淚水帶給你，可惜它不肯向西流！

爾：你。**不肯向西流**：長江自西向東，而九江在東，東
川在西，故云。

兩句以歡迎作結。"西"字，與"東川"呼應。"淚"字，
一者具體地寫出了得信之喜，二者深刻地表現了對弟之
愛，三者見出平日思弟之切，四者隱含飄零異地之痛。

首寫得信，次寫心情，繼寫叮囑，結寫歡迎，全詩順理成章，層次清楚。這首詩言淺意深，不加雕飾而收到較好的藝術效果。詩中句句寫兄弟之愛，卻又不直接道出──這種愛，有時表現為"喜"，有時表現為"愁"，有時表現為"淚"，有時又表現為"加餐"與"穩泊"的叮囑。

登西樓憶行簡

　　這一首寫作背景和主題與前一首同。全詩圍繞
"憶"字寫。

　　每因樓上西南望，始覺人間道路長。[1]
　　礙日暮山青簇簇，漫天秋水白茫茫。[2]
　　風波不見三年面，書信難傳萬里腸。[3]
　　早晚東歸來下峽，穩乘船舫過瞿塘！[4]

注釋

1　"每因"二句：常常在樓上向西南遠望，才覺得人間的
　　道路是那樣漫長。
　　西南：行簡時在蜀州梓州，故云。
　　兩句點明題意。"西南望"隱含相憶之情。"道路長"，
　　說明相隔之遠，見面之難，從側面寫"憶"。"道路長"
　　三字，領起中間兩聯。

2　"礙日"二句：在暮色中羣山聳翠，擋住了落日的餘
　　暉，秋水連天，望去白茫茫一片。
　　兩句寫望中所見，申足"道路長"，表現作者對兄弟深
　　切的思念之情。

3　"風波"二句：我們為風波所阻，有三年沒見面了；相

隔萬里，書信也難傳達我的思念之情啊！

風波：一方面承上句實寫自然的風波，一方面喻政治的風波。

兩句從時間、空間兩方面表現相憶之苦。

4 **"早晚"二句**：你什麼時候下峽東歸？過崔塘峽的時候，要穩坐舟船啊！

早晚：何時。

兩句是對行簡的叮嚀。

舟中晚起

　　白居易自忠州還京以來，經歷了許多事情：科場的糾葛，朋黨的攻訐，朝臣的升降……這一切都使他感到很不愉快。可悲的是，他不能不捲進這些政治漩渦之中。"高有罥繳憂，下有陷阱虞。每覺宇宙窄，未嘗心體舒。"（《馬上作》）長安到處都是羅網和陷阱。在作者看來，那裏就像一座監獄。皇帝的昏庸、國勢的糜亂，更使他對政治失去了信心。"宦途氣味已諳盡"的作者，感到長安再也沒有什麼可留戀的了，於是力求外任。長慶二年（882）七月十四日，白居易由中書舍人改任杭州刺史。因汴州兵亂，汴河道路受阻，他只得由襄漢輾轉赴任，沿途過鄧州、洞庭湖、江州等地，走的是舊路，心情跟以前卻很不相同：

> 日高猶掩水窗眠，枕簟清涼八月天。[1]
> 泊處或依沽酒店，宿時多伴釣魚船。[2]
> 退身江海應無用，憂國朝廷自有賢。[3]
> 且向錢塘湖上去，清吟閒醉二三年。[4]

注釋

1　　"日高" 二句：太陽已高高地升起，我還關起船艙的窗
　　　子睡覺——八月的天氣，枕蓆一片清涼。
　　　簟：供坐臥用的竹蓆。
　　　兩句點 "舟中晚起"。

2　　"泊處" 二句：停泊的地方，有時靠着賣酒的店子；歇
　　　宿的時候，往往與釣魚船作伴。
　　　兩句寫 "泊處"、"宿時" 的情況。

3　　"退身" 二句：我該沒有什麼用了吧，還是退身江海好
　　　了——朝廷上自有賢臣操心國事啊！
　　　兩句寫不得不 "退身江海" 的怨憤。"應無用"、"自有
　　　賢" 都是反語。"退身江海"，是上文鋪敍的總結，也是
　　　下文議論所本。

4　　"且向" 二句：姑且到錢塘湖去吧！我要在那兒無所事
　　　事地吟詠詩篇，隨意飲酒，過上兩三年優哉悠哉的日
　　　子。亦有版本作 "冷吟閒醉二三年"。
　　　兩句寫赴杭的目的。

本篇上四句點題和鋪敍，下四句議論。

錢塘湖春行

這是一首著名的七律，約作於長慶三年（823）春。錢塘湖，即杭州西湖。

方東樹《續昭昧詹言》云："（《錢塘湖春行》）佳處在象中有興，有人在，不比死句。"它既寫出了春景，也寫出了"春行"。

孤山寺北賈亭西，水面初平雲腳低。[1]
幾處早鶯爭暖樹，誰家新燕啄春泥？[2]
亂花漸欲迷人眼，淺草才能沒馬蹄。[3]
最愛湖東行不足，綠楊陰裏白沙堤。[4]

注釋

1 **"孤山"二句**：孤山寺的北邊、賈公亭的西邊，湖水剛剛滿漲，望去茫然一片；流動的雲氣在湖面低低地飄蕩。

孤山：在西湖中後湖與外湖之間，奇峯獨秀，不與他山相連，故名。山上有孤山寺，建於陳天嘉初年。**賈亭**：即賈公亭。《唐語林》卷六："貞元中，賈全為杭州，於西湖造亭，為賈公亭。"**雲腳**：流動不定的雲氣。因它像有腳而能走，故名。

首句點“錢塘湖”，次句點“春”：兩句交代“行”的地點、時間，總起全詩。春水初漲，雲氣流動，寫的是湖面春天的景象。

2　“幾處”二句：天氣和暖，幾處早春的鶯兒在樹上爭鳴；不知是誰家簷前的新燕，在啄泥營巢。

“早”字、“暖”字、“新”字，都緊扣“春”字寫。一“爭”、一“啄”，把“鶯”、“燕”寫得栩栩如生，使畫面顯得春意盎然，生機勃發。“幾處”，見出作者在顧盼行走；“誰家”，見出作者在觀賞琢磨。兩句有形，有態，有聲，遊人之興亦寓於其中。

3　“亂花”二句：繁花漸漸要使遊人的眼睛迷亂，短短的草芽兒，剛好能把馬蹄遮蓋。

亂花：猶言繁花，即各種各樣、到處開着的花。

兩句寫“亂花”、“淺草”。“迷”與“亂”呼應，“才”與“淺”呼應。“亂”和“迷”，寫出“花”之多、“花”之美。“淺草”，有形狀，有顏色、有生氣。“亂花”、“淺草”，點“春”字，“漸欲”、“才能”暗示作者邊行進，邊玩賞。兩句有景，有興。

以上兩聯寫“春行”所見。景物隨着人行而變換，使人眼花繚亂，目不暇給。

4　“最愛”二句：湖東的景色真是遊賞不盡——我最喜歡罩在綠楊陰裏的白沙堤。

白沙堤：簡稱白堤，亦名十錦塘，在杭州西城外。沿堤向西南直通孤山。春日綠楊輕拂，景色如畫。後人傳為白氏所築，實非。

兩句以“行不足”收束全篇，三字有不盡之意。

江樓夕望招客

本篇寫於長慶三年（823），時詩人在杭州。江樓，又名望潮樓或望海樓，亦稱東樓。

這首詩氣勢閎闊，筆力勁健，是白氏晚年優秀之作。據宋人趙令畤《侯鯖錄》卷七：蘇東坡對"風吹古木晴天雨，月照平沙夏夜霜"一聯甚為稱許。《唐宋詩醇》評云："高瞻遠矚，'坐馳可以役萬景'，他人有眼力，無此筆力。"

> 海天東望夕茫茫，山勢川形闊復長。[1]
> 燈火萬家城四畔，星河一道水中央。[2]
> 風吹古木晴天雨，月照平沙夏夜霜。[3]
> 能就江樓銷暑否？比君茅舍校清涼。[4]

注釋

1　**"海天"二句**：東望海天，夜色茫茫；山河現出又長又闊的輪廓。
　　兩句寫"夕望"中的海天山河。"望"字，點題並領起全詩。兩句橫空而起，氣勢磅礡，是遠望之景。

2　**"燈火"二句**：杭州城四邊萬家燈火，一道銀河倒映在江水中間。

四畔：四邊。**星河**：即銀河。

兩句寫城中燈火和水中銀河，是近望之景。

3　**"風吹"二句**：風吹古樹，蕭蕭作響，彷彿晴天下雨；映照在平地上的月色一片皓白，好像夏夜的霜。

沙：含沙質的水中灘或水旁地。此泛指沙岸。

兩句寫風聲、月色。"晴天"本無"雨"，"夏夜"本無"霜"，此以"雨"、"霜"比風聲、月色，引出下聯"銷暑"、"清涼"。兩句是上下文的過渡。

4　**"能就"二句**：能到江樓來銷暑嗎？這兒比您的茅舍還要清涼。

就：動詞。往；到。**校**：同"較"。

兩句寫"招客"。

江樓晚眺，景物鮮奇，吟玩成篇，寄水部張員外

　　這是長慶三年（823）秋寄贈張籍的一首七律。時白居易在杭州。張籍，字文昌，蘇州吳縣（今江蘇蘇州市）人；進士及第，授太常寺太祝，累官國子監博士、水部員外郎、主客郎中、國子司業；以樂府詩著稱，有《張司業集》。白氏對他的作品甚為推崇，兩人互有唱和。

　　本篇的特點是從變化的角度着筆，既寫出景物之"鮮"，也寫出景物之"奇"。展現在讀者眼前的，最先是一幅疏雨斜陽圖。接着雨過天青，"江色鮮明"。這時天邊彩虹一道，江上突然出現了"海市蜃樓"的奇景。後來雲氣漸漸消散，於是虹殘"樓"破，畫面又一次起了變化。讀者看到最後的一幅風景畫是：茫茫的江水，白浪千疊；澄碧的天空，雁字一行。

澹煙疏雨間斜陽，江色鮮明海氣涼。[1]
蜃散雲收破樓閣，虹殘水照斷橋樑。[2]
風翻白浪花千片，雁點青天字一行。[3]
好着丹青圖寫取，題詩寄與水曹郎。[4]

注釋

1　**"澹煙"二句**：淡煙疏雨之中，有斜陽照射。隨後雨過天青，江色鮮明，水氣清涼。

　　澹：即淡。**煙**：指江面騰起的水霧。

　　兩句寫江上天氣。"鮮明"二字，領起全篇。

2　**"蜃散"二句**：蜃氣雲煙漸漸消散，原先江面上的樓閣幻景破滅了；那殘缺不全的彩虹映在水中，就像一道斷橋。

　　蜃：因空氣中的水氣對光綫的折射作用，有時會在江海邊或沙漠上空出現從地面反射過來的樓臺街市的影子。古人認為這是蜃呼氣所成，故稱之為"海市蜃樓"。

　　兩句承首聯下句，寫雨後之景。

3　**"風翻"二句**：江風掀起了無數白色的浪花；雁陣橫空，彷彿一行字迹點染着澄碧的天宇。

　　點：動詞。點染。

　　兩句寫"蜃散雲收"後江天之景。

4　**"好着"二句**：這美麗的景致，適宜用顏色描畫下來，再題上這首詩，寄給您。

　　着：動詞。着色。**丹青**：中國古代繪畫用的紅色和青色顏料。《漢書·蘇武傳》："竹帛所載，丹青所畫。"**圖、寫**：兩個都是動詞。描畫。"寫"有版本作"畫"。**水曹郎**：指張籍，當時他正在任水部員外郎。

　　兩句寫"江樓晚眺"所感，並點"寄水部員外"五字。

杭州春望

本篇歷來膾炙人口。寫作時間約在長慶三年或四年（823 或 824）的春天。時作者在杭州。

據清人袁牧《隨園詩話》，白居易很認真修改自己的詩，一篇詩稿，往往多處塗改，竟有終篇不留一字的。他自己也說"舊詩時時改，無妨悅性情"，足見他創作態度十分嚴謹。這首詩音節清亮，色彩鮮明，語言準確而富於表現力，當是他刻意修改之作。

望海樓明照曙霞，護江堤白踏晴沙。[1]
濤聲漸入伍員廟，柳色春藏蘇小家。[2]
紅袖織綾誇柿蔕，青旗沽酒趁梨花。[3]
誰開湖寺西南路？草綠裙腰一道斜。[4]

注釋

1　**"望海"二句：**曙色中的霞光，把望海樓映照得十分明亮；天氣晴朗，護江堤上鋪着白色的沙子，我踏着沙路前行。

　　望海樓：作者原注："城東樓名望海樓。"**護江堤：**指白沙堤。

兩句寫望海樓和白沙堤。"晴"與"明"呼應。朝霞絢爛,望海樓和白沙堤都罩在曙光之中。兩句着重寫明媚的春光。

2　　"濤聲"二句:濤聲很大,夜裏傳到伍員廟內;蘇小小墓隱藏在楊柳春色之中。

伍員廟:伍員,字子胥,春秋楚人,父兄均為楚平王所害。子胥逃往吳國,助吳王闔閭打敗楚國,又助吳王夫差打敗越國。因奸臣讒害,後為夫差所殺。傳說他怨恨吳王,死後驅水為濤,故錢塘江潮又稱"子胥濤"。歷代為他立廟紀念。廟在伍公山(胥山)上。蘇小:即蘇小小,南齊名妓。西湖西泠橋畔舊有蘇小小墓。

兩句寫濤聲、柳色。寫伍員廟和蘇小小墓,一者為了介紹西湖的古迹名勝,點綴畫面;二者為了映襯濤聲之大,春色之深。《唐宋詩醇》云:"'入'字、'藏'字,極寫望中之景。"

3　　"紅袖"二句:織綾的女子,在誇耀她們織出的美麗的花紋;酒旗隨風飄動,人們正趕在梨花開時到酒家沽飲梨花春酒。

紅袖:指織綾女。柿蔕:綾的一種,有柿蔕狀凸出的花紋。蔕,即蒂子。作者原注:"杭州出柿蔕花者尤佳也。"南宋吳自牧《夢梁錄》卷十八載:杭州產綾有柿蔕、狗蹄多種,"皆花紋特起,色樣不一"。青旗:指酒家的酒旗。梨花:酒名。作者原注:"其俗,釀酒趁梨花時熟,號為梨花春。"

兩句寫織女、酒旗,兼介紹杭州特產。兩句仍是望中之景。"誇"字、"趁"字,給畫面增添了無限春意。

4　**"誰開"二句:**不知是誰開闢了這條向西南通往孤山寺的路,沿路青草碧綠;遠望好像綠色的裙帶斜斜地鋪展在湖中。

　　草綠:作者原注:"孤山寺路在湖州中,草綠時,望如裙腰。"按,孤山寺路即詩中所説的"西南路",也就是由斷橋向西通往湖中到孤山的長堤。

　　兩句寫西南路,結足春意。

早興

本詩長慶三至四年（823—824）作於杭州。詩寫作者早起時的所見所感，流露出思鄉的悵惘。興：起牀。《詩·衛風·氓》：“夙興夜寐。”

晨光出照屋樑明，初打開門鼓一聲。[1]
犬上階眠知地濕，鳥臨窗雨報天晴。[2]
半銷宿酒頭仍重，新脫冬衣體乍輕。[3]
睡覺心空思想盡，近來鄉夢不多成。[4]

注釋

1　“晨光”一句：早晨，陽光照在屋樑上，屋裏一片明亮；開門，聽到報曉的第一聲街鼓。
　　開門鼓：指報曉的街鼓。當時以街鼓報夜（宵禁）、報曉（宵禁開放）。

2　“犬上”二句：狗也知道地濕，睡在臺階上；鳥兒對着窗子鳴叫，彷彿向人報告天晴。

3　“半銷”二句：隔夜的酒力只銷去一半，頭還覺得沉重；冬衣剛脫，突然感到身子也輕了。
　　宿酒：隔夜未銷的酒力。

"新脱冬衣"，暗示冬去春來，時序變換，引出尾聯的鄉
關之思。

4　**"睡覺"** 二句：一覺醒來，心裏空蕩蕩的，一點思緒也
沒有——近來連歸鄉之夢也不多啊！

　　睡覺：睡醒。

西湖留別

　　白居易任杭州刺史三年間，有不少吟詠西湖的佳作。這些充滿詩情畫意的作品，就像西湖風景一樣，明媚隱秀，多彩多姿，為世人所稱賞。

　　這是任滿離杭時給朋友留作紀念的詩。寫作時間在長慶四年（824）。詩人的着眼點不在於描繪西湖，而在於抒寫離愁，表現他對西湖的眷戀之情。詩人就要與西湖分手了。綠藤陰下的歌席、紅藕花中的妓船、垂楊、繁花、啼鶯、碧草，都令他無限留戀。"皇恩只許住三年"，他是不能不走的 —— 他只感到無限的悲哀與惆悵：

> 征途行色慘風煙，祖帳離聲咽管弦。[1]
> 翠黛不須留五馬，皇恩只許住三年。[2]
> 綠藤陰下鋪歌席，紅藕花中泊妓船。[3]
> 處處回頭盡堪戀，就中難別是湖邊！[4]

注釋

1　"征途"二句：我就要踏上征途了，眼前風煙迷漫，景象悽慘。送行的筵席上，管弦吹奏出幽咽的離聲。

行色：行旅出發前的迹象。《莊子》：「車馬有行色。」
祖帳：古人送行，在野外路旁為餞別而設的帷帳。亦指
送行的筵席。管弦：管樂和弦樂。泛指樂器。

兩句寫悽慘的「行色」、「離聲」，烘托出詩人的離愁
別恨。

2　**「翠黛」二句**：美人啊，你不必再挽留我，皇帝的恩
典，只許我在這裏住三年。

翠黛：古時女子以螺黛（一種青黑色礦物顏料）畫眉，
故稱眉為「翠黛」。許渾《觀章中丞夜按歌舞》詩：「歌
扇初移翠黛顰。」此代指歌妓。**五馬**：世稱太守為五
馬。其說不一。《漢官儀》：「四馬載車，此常禮也。唯
太守出則增一馬，故稱『五馬』。」

兩句說明離別的原因，寫出詩人無可奈何的心境。

3　**「綠藤」二句**：綠藤陰下，設席聽歌；紅蓮花中，停泊
着妓船。良辰美景，賞心樂事，我實在不能忘懷啊！

兩句寫西湖美景和昔日遊賞的歡樂。二語反襯首聯，突
出離情之悽慘，推出尾聯。

4　**「處處」二句**：回頭看看，處處都值得人留戀；其中最
令人難捨難分的是湖邊的美景啊！

兩句寫對西湖的戀情。作者寫西湖美景，從具體到一
般，又從一般到具體。而他的眷戀之情，則洋溢於字裏
行間。

宿湖中

　　這是白居易守蘇州時夜泛太湖之作。太湖，古稱震澤，亦名具區，跨江蘇、浙江二省。湖中小山甚多，東西二洞庭山最為著名。

　　本篇描繪了煙波壯闊的太湖夜景：

> 水天向晚碧沉沉，樹影霞光重疊深。[1]
> 浸月冷波千頃練，苞霜新橘萬株金。[2]
> 幸無案牘何妨醉，縱有笙歌不廢吟。[3]
> 十隻畫船何處宿？洞庭山腳太湖心。[4]

注釋

1　"水天"二句：傍晚，太湖水天一色，上下一片沉沉的碧綠；樹影與霞光重疊，湖邊顯得深邃幽密。
　　兩句寫傍晚湖中之景。上句壯闊，下句深邃。兩句橫空而起，筆勢閎放。

2　"浸月"二句：浸着月光的水波，銀光閃閃，就像千頃白練；經霜的新橘，金黃耀目，彷彿萬樹懸金。
　　練：潔白的熟絹。杜甫《畫鷹》詩："素練霜風起，蒼鷹畫作殊。"苞：同"包"。《莊子·天運》："充滿天地，苞裹六極。"

上句寫月色映照下的湖面之景，下句寫經霜的新橘。兩句用比喻手法，寫得波瀾壯闊，色彩奪日。

以上四句之中，一、三句寫湖面，二、四句寫湖岸。"沉沉"、"深"、"千頃"、"萬株"，寫氣勢；"碧"、"樹影霞光"、"練"、"金"，寫色彩：四句有景，有勢，有色。

3　　**"幸無"二句：** 幸好沒有公事在身，何妨痛痛快快地一醉？縱使有笙歌悅耳，我也沒有停止吟詠。

　　案牘： 謂公事。案，指辦公的桌子。牘，古代寫字用的木片。後稱公文為牘。**笙：** 簧管樂器。

　　兩句寫飲酒、吟詩。"幸"字，是上下文的轉折——"無案牘"，才能痛痛快快地"醉"；痛痛快快地"醉"，才不辜負太名湖的美景。

4　　**"十隻"二句：** 十隻畫船划到哪裏去住宿？洞庭山腳下的太湖心。

　　畫船： 裝飾華麗的船。

　　兩句點題，結束全詩。

西湖晚歸，回望孤山寺，贈諸客

　　據《白氏長慶集》卷六十八《華嚴經社石記》：杭州龍興寺僧南操自長慶二年（822）夏，每年舉行法會數次，作者曾往聽經。本詩當是聽經晚歸所作。

　　這首詩描繪暮色中孤山寺的景色，意境清壯，使人如入仙府。詩中寫了景，也寫了人——讀者可以看到人在隨舟移動，而且在興致勃勃地玩賞風景。

> 柳湖松島蓮花寺，晚動歸橈出道場。[1]
> 盧橘子低山雨重，栟櫚葉戰水風涼。[2]
> 煙波澹蕩搖空碧，樓殿參差倚夕陽。[3]
> 到岸請君回首望，蓬萊宮在水中央。[4]

注釋

1　**"柳湖"二句**：在暮色降臨的時候，我們划動着小船，
　　經過柳湖、松島和蓮花寺，離開法會之場所。
　　柳湖、松島、蓮花寺："出道場"所經之地，當離孤山
　　不遠。柳湖，即柳浦。橈：原意為槳，此代指船。
　　兩句寫"晚歸"，總起全詩。"柳湖"，"松島"、"蓮花
　　寺"，與"動"字、"歸"字、"出"字配搭，使人看出

船在行駛。

2　"盧橘"二句：盧橘的果實低低地下墜，山雨又密又大；枇杷的葉子顫動着，水風吹送着陣陣清涼。

　　盧橘：亦名給客橙，橘之一種，自夏至冬，花果不輟。

　　枇杷：舊指棕櫚。

　　兩句寫近望所見。涼"字，不僅寫出了景物的情狀，還寫出了作者的感受。

3　"煙波"二句：遠看，煙波輕蕩，搖動於碧色的天際；那高矮不等的樓臺宮殿，倚在夕陽之下。

　　瀲灩：舒緩蕩漾。**參差**：長短不齊。

　　兩句寫遠望所見。

4　"到岸"二句：到岸請你們回頭遠望，蓬萊宮正聳立在湖水中間。

　　君：指"諸客"。**蓬萊宮**：孤山上有蓬萊閣。

　　兩句以蓬萊閣為代表，總寫孤山寺的形勢。"到岸"，與首聯"動"字呼應。

天津橋

　　洛水經東京（洛陽）上陽宮南，至皇城端門外，分為主道，上各有橋：南曰星津橋，北曰黃道橋，天津橋居中。開元間，星津橋拆去，尚存二橋。洛水自天津橋流向東北，經惠訓坊西，分出一道為漕渠（通遠渠）。分流之處，置斗門制水，上有橋，橋上有亭，曰斗門亭。天津橋與斗門亭之間，風景絕艷。一個春天的月夜，作者途經此地，給眼前的美景迷住了：

津橋東北斗亭西，到此令人詩思迷。[1]
眉月晚生神女浦，臉波春傍窈娘堤。[2]
柳絲嫋嫋風繰出，草縷茸茸雨剪齊。[3]
報道前驅少呼喝，恐驚黃鳥不成啼。[4]

注釋

1　"津橋"二句：走到天津橋東北斗門亭以西這個地方，眼前風景艷麗，令人詩情奔湧。心神迷亂。
　　津橋：即天津橋。**斗亭**：即斗門亭。**詩思**：猶言詩情。**迷**：迷亂。

兩句寫過天津橋附近時所感：首句點題，交代地點；次句以"迷"字帶起全篇。

2 **"眉月"二句**：晚上，蛾眉般的一彎月兒，在神女浦上空冉冉而起，窈娘堤畔的春水，如美人的眼波一般光彩流動。

眉月：如眉一般的月。**神女浦**：其地未詳。洛、谷二水匯流處有神都苑，中有洛浦亭。神女浦疑指此。**臉波**：眼波。白氏另有"睡臉初開似剪波"句。**窈娘堤**：元稹詩："窈娘堤抱古天津。"堤在天津橋附近。

兩句寫眉月、春波。上句寫天上之景，下句寫水面之景。眉月初升，春波如目，兩句以比喻手法，把景寫得嫵媚迷人，儀態萬千。"眉月"曰"生"，春波曰"傍"，兩字有神、有態。

3 **"柳絲"二句**：春風繰出了嫋嫋柳絲，春雨剪齊了茸茸細草。

嫋嫋：細長柔軟之物隨風擺動的樣子。**繰**：把蠶繭放在滾水裏抽絲。**茸茸**：草初生的樣子。

兩句寫柳絲、細草。春風吹綠了柳條，故云："風繰出"；春雨使堤上長出了長短如一的茸茸細草，故曰"雨剪齊"。兩句用擬人手法。"繰"與"絲"照應，"剪"與"縷"照應。一"繰"，一"剪"，既寫出了"柳絲"、"草縷"與春風、春雨的關係，也寫出了"柳絲"、"草縷"的情態。兩句寫堤上之景。

4 **"報道"二句**：要告訴前面的儀仗少些呼喝——我怕黃鳥受驚不啼啊！

前驅：古時官員出巡時走在前面的儀仗。

兩句寫黃鳥啼鳴。"報道前驅"與"恐"，再一次寫到人，與上文呼應。結句一方面寫"黃鳥"，一方面寫出作者全神貫注地欣賞風景的神態，與"迷"呼應。

九年十一月二十一日感事而作

　　大和九年（835）十一月二十一日，宰相李訓與舒元輿定計誘殺宦官：先在左金吾廳設伏兵，然後詐言該廳石榴樹上夜來有甘露（一種祥瑞之兆）。文宗故意令左、右中尉仇士良、魚志弘等前往驗看，擬待宦官齊集廳中時一網打盡。結果事情敗露，仇士良奪門而出，文宗反被宦官劫持，李訓、舒元輿、賈餗、王璠等全被宦官捕殺。宰相王涯本不知謀，亦不能免。宦官在長安捕殺"賊黨"，血流塗地，其狀極慘。這就是"甘露之變"。

　　這年冬天，朝臣人人自危，白居易卻安然閒居，"重裘暖帽寬氈履，小閣低窗深地爐。"（《即事重題》）這首詩有感於此事而作。作者一方面悲痛同情"白首同歸"，一方面欣幸自己沒有捲進政變漩渦。有人認為白氏曾為王涯所讒，故作此詩表示幸災樂禍，實是輕薄之見。

　　禍福茫茫不可期，大都早退似先知。[1]
　　當君白首同歸日，是我青山獨往時。[2]
　　顧索素琴應不暇，憶牽黃犬定難追。[3]
　　麒麟作脯龍為醢，何似泥中曳尾龜？[4]

注釋

1　**"禍福"二句**：禍福茫茫，實在不可能預期；大抵及早引退的人，好像事先就知道災禍要降臨似的。

　　兩句言禍福難期，早退為妙，點出主題，總領全詩。上句襯托下句，突出"似先知"三字，說明禍象已十分顯露，痛惜之情溢於言表。

2　**"當君"二句**：當你們同遭不幸的時候，我卻安然無恙，獨遊青山。

　　白首同歸：謂一同受刑。《晉書‧潘岳傳》："初⋯⋯孫秀為小史給岳（供潘岳差遣），而狡黠自喜。岳惡其為人，數撻辱之，秀常銜忿。及趙王倫輔政，秀為中書令⋯⋯岳於是自知不免。俄而秀遂誣岳及石崇⋯⋯為亂，誅之，夷三族⋯⋯初被收，俱不相知。石崇已送在市（刑場），岳後至，崇謂之曰：'安仁（潘岳字），卿亦復爾耶？'岳曰：'可謂"白首同所歸"。'岳《金谷詩》云：'投分寄石友，白首同所歸，'及成其讖。"

　　青山獨往：何遜《入西塞示南府同僚》詩："在昔愛名山，自知懽獨往。"作者題下原注："其日獨遊香山寺。"此有"獨往自然，不復顧世"（司馬彪語）之義。

　　兩句以"青山獨往"與"白首同歸"對比，一者悲其遇難，二者幸己早退。

3　**"顧索"二句**：要像嵇康那樣臨刑前回視日影，索琴彈奏，該沒有時間了。料想你們會像李斯臨刑前回憶牽着黃犬追逐狡兔那樣，感歎過去美好的日子難以追回吧！

　　顧索素琴：《晉書‧嵇康傳》："初，康居貧，嘗與向秀共鍛（打鐵）於大樹之下，以自贍給。穎川鍾會……故往造（往訪）焉。康不為之禮……會以此憾之。及是，言於（晉）文帝……因譖康欲助毌丘儉……帝既昵聽信會，遂並害之。康將刑東市（在東邊的刑場受刑）……康顧視日影，索琴彈之，曰：'昔袁孝尼嘗從吾學《廣陵散》，吾每靳固之（對他有所保留），《廣陵散》於今絕矣！'" **憶牽黃犬**《史記・李斯傳》："二世二年七月，具斯五刑，論腰斬咸陽市。斯出獄，與其中子俱執，顧謂其中子曰：'吾欲與若（你）復牽黃犬，俱出上蔡東門逐狡兔，豈可得乎！'遂父子相哭，而夷三族"。**定難追**：料想難以追回。定，表示揣度語氣，與上句"應"字互文見義。

兩句借嵇康索琴、李斯憶牽黃犬兩個典故，表達對遇難者的悲憫之情，亦含有深幸及早引退之意。

4　**"麒麟"二句**：龍和麒麟雖然珍奇靈異，卻免不了受宰割之禍，怎似泥中的曳尾龜那樣優哉悠哉呢？

麒麟作脯《神仙傳》："工方平仕胥門蔡經家，召麻姑至，各進行廚，擘脯而食之，云'麟脯'。"脯，乾肉片。**龍為醢**《太平御覽》引《博物誌》："龍肉，以醢漬之，則文章生。"醢，肉醬。**泥中曳尾龜**《莊子・秋水》："莊子釣於濮水。楚王使大夫二人往先焉（去聘他），曰：'願以境內累矣（要以國事麻煩了）。'莊子持竿不顧，曰：'吾聞楚有神龜，死已三千歲矣，王巾笥而藏之廟堂之上。此龜者，寧其死為留骨而貴乎？寧其生而曳尾於塗（泥）中乎？'二大夫曰：'寧生而曳尾塗中。'莊子曰:'往矣!吾將曳尾塗中。'" 曳,拖,拉。

兩句用比喻和對比手法,說明與其富貴而死,不如卑賤而生,結足"早退"之意。

早夏曉興贈夢得

　　劉禹錫，字夢得，唐代著名詩人，白居易同年生的好朋友。他在洛陽任太子賓客分司時，白居易正官太子少傅分司。兩人相邀喝酒，過從甚密。

　　開成三年（838）初夏的一天，作者清早起來，見春天已逝，夏日正臨，他撫念時局，感懷身世，不由得產生傷感的情懷和百無聊賴的感覺。這時，他想起老朋友，於是寫了這首詩，約他明日一同喝酒。曉興：清早起牀。

> 窗明簾薄透朝光，臥整巾簪起下牀。[1]
> 背壁燈殘經宿焰，開箱衣帶隔年香。[2]
> 無情亦任他春去，不醉爭銷得畫長？[3]
> 一部清商一壺酒，與君明日暖新堂。[4]

注釋

1　**“窗明”二句**：晨光透過薄薄的簾子，把窗前照得一片明亮；我躺着整理好頭巾和髮簪，然後起身下牀。

　　巾：頭巾。古人用以裹頭。《後漢書‧鮑永傳》：“（永）悉罷兵，但幅巾，與諸將及同心客百餘人詣河內。”李賢注：“謂不着冠，但幅巾束首也。”**簪**：古人以固定髮髻或連冠於髮的一種長針。

兩句寫“曉興”。

2　**“背壁”二句**：靠牆的那盞油燈，從昨夜點燃到現在。我打開箱子，取出夏季的衣裳——它們還帶着去年的氣味。

背壁：靠牆。**殘**：動詞。與下句“帶”字互文。**留**：餘。**經宿**：隔夜。

兩句承前二句，寫下牀以後的活動。“經宿焰”，見出作者徹夜不眠，愁思滿腔，為後面兩聯作鋪墊。“隔年香”，隱含着對往事回首和對韶光流逝的感慨。

3　**“無情”二句**：我既然對春天是那樣無情，就讓春天歸去好了——不喝醉了，又怎消磨得漫長的夏日？

爭：怎。唐玄宗《題梅妃畫真》詩：“霜綃雖似當時態，爭奈嬌波不顧人！”白氏《題峽中石上》詩亦云：“誠知老去風情少，見此爭無一句詩！”

兩句寫“曉興”所感。“無情”和“忏”字，説明作者惡劣的心境。“醉”字、“銷”字，見出詩人愁悶與無聊。“不醉”句，推出尾聯。

4　**“一部”二句**：朋友啊，明天我與您一邊喝酒一邊唱着傷感的曲調，在新堂取暖吧！

清商：指商調歌詞。是傷感之調。

兩句約朋友喝酒消愁。

與夢得沽酒閒飲且約後期

本篇寫於開成三年（838），時白氏在洛陽。詩中寫與朋友閒飲的情趣，表現作者豁達的情懷。前四句一氣噴薄，頗為注家所稱道。夢得：劉禹錫字。時官太子賓客分司，亦在洛陽。

> 少時猶不憂生計，老後誰能惜酒錢？[1]
> 共把十千沽一斗，相看七十欠三年。[2]
> 閒徵雅令窮經史，醉聽清吟勝管弦。[3]
> 更待菊黃家醞熟，共君一醉一陶然。[4]

注釋

1   "少時"二句：年輕時尚且不懂得憂慮生計，年老以後誰還愛惜酒錢？

　　首聯突兀而起，詩筆老健。

2   "共把"二句：讓我們拿十千錢去沽一斗酒吧，我們都年老了，差三歲就到古稀之年。

　　十千沽一斗：古詩常以"斗十千"形容酒之美。如曹植《名都篇》："美酒斗十千"；王維《少年行》："新豐美酒斗十千"。十千，十千錢。斗，古代酒以升斗計量。

3　**"閒徵"** 二句：我們悠閒地窮徵博引經史的文句以行酒
令，喝醉時聽對方吟唱詩篇比奏樂還要中聽。

　　徵：徵引。**雅令**：指酒令。**窮經史**：窮盡經史。**清吟**：
吟唱詩篇，不用樂器伴奏。

4　**"更待"** 二句：等到菊花盛開，家釀的酒釀好了，我再
與您痛痛快快地一醉。

　　家醅：自家釀的酒。

覽盧子蒙侍御舊詩，多與微之唱和。感今傷昔，因贈子蒙，題於卷後

這是一首傷懷亡友之作。盧子蒙，名貞。侍御是官名。盧貞是元稹的好朋友，香山九老會中的一老。《元氏長慶集》中有《盧評事子蒙》、《諭子蒙》、《答子蒙》諸作。會昌元年（841）的某一天，白居易從盧貞的詩卷中見有多首贈元稹之作，不禁引起了他對亡友的傷懷之情。這時元稹已身故十年了。

這首詩音節很特殊，頷聯不講求對仗，前四句一氣盤旋而下，在律詩中比較少見。蘇東坡七律《和子由澠池懷舊》前四句："人生到處知何似？應似飛鴻踏雪泥。泥上偶然留指爪，鴻飛那復計東西。"這四句詩很受人稱賞，實由此詩學來。

早聞元九詠君詩，恨與盧君相識遲。[1]
今日逢君開舊卷，卷中多道贈微之。[2]
相看掩淚情難說，別有傷心事豈知？[3]
聞道咸陽墳上樹，已抽三丈白楊枝。[4]

注釋

1 **"早聞"二句**：早就聽元九有題詠您的詩，只恨與您相
識得太遲了。

兩句以"元九"開頭，引起下文對他的懷念。"詠君詩"
三字，與頷聯合起來交代盧貞與元積的關係。兩句互為
因果，突出一個"恨"字，從側面表現詩人對亡友的深
摯之情。

2 **"今日"二句**：今天與您相逢，打開您舊日的詩卷——
卷中有許多首贈微之的詩。

兩句謂盧貞舊卷中多有"贈微之"之作，推出頸聯。

3 **"相看"二句**：與您相看着，我不禁流下了淚水；我
的感情，實在難以用語言來表達——我另有傷心的事
情，您又怎會知道呢？

掩淚：流淚時以手掩面。

兩句承上聯寫由盧貞和他"贈微之"之作而引起對亡友
的哀傷之情。"事豈知"三字，有不盡之意。兩句聲淚
俱下，令人不忍卒讀。

4 **"聞道"二句**：聽説咸陽微之墳上的白楊樹，已抽出了
幾丈長的枝條了。

咸陽墳：據《白氏長慶集》卷七十《河南元公誌銘》，
元積葬咸陽奉賢鄉洪瀆原。白氏《夢微之》詩有"咸陽
宿草八回秋"句。

白楊臨風沙沙作響，蕭瑟生悲，古人多植於墓旁。兩句
以"咸陽墳上樹"表達對亡友傷懷之情。"已抽三丈白
楊枝"一語，飽含作者的悲哀與感慨。

問劉十九

本篇作於元和十二年（817）冬，時白氏在江州。劉十九，詩人在江州時的朋友，名字與事蹟不詳。白居易《劉十九同宿》詩有“唯共嵩陽劉處士”句，知他曾在嵩山之陽隱居。

這首詩寫得樸素自然，有濃厚的生活情味，表現了詩人與劉十九之間的真率淳厚的感情。

> 綠螘新醅酒，紅泥小火爐。[1]
> 晚來天欲雪，能飲一杯無？[2]

注釋

1 “綠螘”二句：螘，即蟻。我有新釀的浮着綠蟻的酒，還有紅泥造的小火爐。

綠螘：新釀的米酒，未經過濾，酒面浮渣如蟻，微呈綠色，稱為“綠螘”。醅：沒過濾的酒。

兩句寫飲酒的條件。

2 “晚來”二句：夜來天正要下雪，朋友啊，能跟我飲一杯麼？

無：疑問語氣助詞。相當於“麼”、“嗎”。

上句說正是飲酒的天氣，下句點“問”字。

吉祥寺見錢侍郎題名

    本詩當是長慶二年（822）秋赴杭途中作。七月，詩人自中書舍人除杭州刺史，因宣武兵亂，汴路不通，改由襄漢赴任，途經大冶縣吉祥寺，見故人錢徽題名，想起了自己與朋友別後的遭際，感慨無限，遂成此作。吉祥寺：在大冶縣吉祥山。錢侍郎：即錢徽。錢於長慶元年為禮部侍郎，以正直不阿為段文昌、李紳所忌恨，貶江州。題名當是他赴江州途經吉祥寺時事。

> 雲雨三年別，風波萬里行。[1]
>
> 秋心正蕭索，況見故人名！[2]

注釋

1   "雲雨"二句：我們雲雨殊途，隔別許久了——風波萬里，兩人各奔前程。

       雲雨：雲雨皆由水氣所生，升降殊途，以喻朋友同道而異路。三年別：二人分別僅一年。"三年"乃誇張之辭。風波：既指長江風波，亦指政治風波。二人皆因得罪權貴貶江州，又是沿江赴貶地。

2   "秋心"二句：我的心一如那蕭索的秋景，何況見到故

人的名字，平添一段別情？亦有版本作"愁來正蕭索，
況見古人名。"

王昭君（二首選一）

這是詩人十七歲時之作。

明妃，名嬙，字昭君，東漢人。《西京雜記》卷上："元帝後宮既多，不得常見，乃使畫工圖其形，案（按）圖召幸。諸宮人皆賂畫工……獨王嬙自恃其貌，不肯與，畫工乃醜圖之，遂不得見。後匈奴入朝，求美人為閼氏，於是上案圖，以昭君行。及去召見，貌為後宮第一，善應對，舉止閒雅。帝悔之，而名籍已定，方重信於外國，故不復更人。乃窮其事，畫工皆棄市（砍頭示眾）……"昭君一去不返，死於匈奴，墓在今內蒙古自治區呼和浩特市郊。

> 漢使卻回憑寄語，黃金何日贖蛾眉？[1]
>
> 君王若問妾顏色，莫道不如宮裏時。[2]

注釋

1　"漢使"二句：漢朝的使者啊，您回去的時候請代我捎一句話：皇上哪一天才用金錢把我贖回去？

　　使：使者。卻回：轉回去。蛾眉：昭君自指。

2　"君王"二句：君主若問起我的容貌，可別說不如在宮裏的時候啊!

兩句寫昭君恐容顏衰老而不再贖她,從另一角度表現她歸漢心切。

惜牡丹花 （二首選一）

題下原注：“一首翰林院北廳花下作，一首新昌竇給事宅南亭花下作。”本篇似屬前者。當時白居易正任翰林學士，寫作時間約在元和三至五年（808—810）。

惆悵階前紅牡丹，晚來唯有兩枝殘。[1]
明朝風起應吹盡，夜惜衰紅把火看。[2]

注釋

1 “惆悵”二句：到晚上，階前的紅牡丹只剩下兩枝了；對着這曾經爛漫地開放的牡丹，心裏實在很不好受。
   惆悵：傷感；愁悶。殘：動詞。剩。
   兩句點“牡丹花”三字。“階前”，寫地點。“晚來”，寫時間。“惆悵”，寫心境，為全詩定下基調。“唯有兩枝殘”，是作者“惆悵”的原因，五字推出下文二句。

2 “明朝”二句：明朝風起的時候，牡丹花該被風吹盡了吧！真憐惜這兩枝剩下的牡丹花——我要在夜裏掌燈火看個夠。
   惜：憐惜；愛惜。衰紅：指剩下的兩枝牡丹花。把：動詞，拿着；掌着。

兩句寫惜花。"夜"與"晚"呼應,"惜"與"惆悵"呼應。"惆悵"和"惜",寫心境,"把火看",寫行動。"惜"字是詩眼——全詩不外寫詩人惜花的心境與行動。

同李十一醉憶元九

　　元九（元稹）是白居易的好朋友。元和四年（809）三月七日，他以監察御史身份往東川（今四川省三臺縣，東川節度使府署所在地），複理案件。他啟程以後，白居易偕李十一（名建，字杓直）、弟行簡同遊曲江慈恩寺（在長安附近），並設席飲宴。席上，詩人想起遠行的朋友，不禁愁從中來，寫下了這首詩。據白行簡《三夢記》和孟棨《本事詩》，元九果真在白居易預計的那天到達梁州，並且做了一個夢，夢中與白居易兄弟同遊慈恩寺。後來他寫了一首《梁州夢》寄給朋友。詩云：“夢君同繞曲江頭，也向慈恩院院遊。亭吏呼人排馬去，忽驚身在古梁州。”

　　宋人張鎡《讀樂天詩》：“詩到香山老，方無斧鑿痕。目前能轉物，筆下盡逢源。”這首詩以白描手法，記述了席上情景和作者一剎那的思想活動，表現了對朋友的深切思念。全詩意淺而情深，脫口而出卻又能渾然成章，遠非苦心鏤刻者所能企及。

> 花時同醉破春愁，醉折花枝當酒籌。[1]
> 忽憶故人天際去，計程今日到梁州。[2]

注釋

1　"花時"二句：在繁花競放的時候，我同李十一等一起
飲酒，以消解春日的愁悶。我們都喝醉了，把花枝折
下，當作酒籌。

　　破：消解，解除。**酒籌**：飲酒記數的籌碼。

　　兩句寫飲酒的時間、目的和席上情景。"花時"，既寫出
飲酒的時間，也寫出筵前風景。"破春愁"，說明飲酒的
目的。"花時"而"愁"，以"醉"消"愁"，足見"愁"
之深。到底為何而"愁"？答案在下文二句。

2　"忽憶"二句：我忽然想起遠去的老朋友，我計算着行
程——他今日正好走到梁州。

　　梁州：《舊唐書·地理誌》："梁州興元府，隋漢川郡。
武德元年置梁州總管府。"按，即今陝西省漢中、城固
等地。

　　兩句寫對朋友的思念，點"憶"字。"忽"字是連接上
下文的紐帶。"計程"二字，深刻而貝體地表現作者相
憶之切。

登郢州白雪樓

元和九年（814），申、蔡節度使吳少陽死，子吳元濟匿喪，自領軍務。次年正月，憲宗下詔削吳元濟官爵，分兵進討。宰相武元衡支持最力。朝廷這一軍事行動，引起了其他藩鎮的恐慌，他們紛紛派間諜刺客到兩京活動。六月三日，武元衡遇刺，京師震動。白居易當即上書，要求捕賊雪恥。執政者竟以“出位言事”問罪。一些平日忌恨他的人，又給他加上別的“罪狀”，說他母親死於看花墜井，他還作賞花詩和新井詩，有傷名教。他就這樣以莫須有的“罪名”貶江州司馬。

八月，貶詔下，他隻身登途，先由旱路抵襄陽，後轉水路由漢水入江。一天，船泊郢州（今湖北省鍾祥縣），白居易登上白雪樓，遙望故鄉，感慨無限，寫下了這首七絕：

白雪樓中一望鄉，青山簇簇水茫茫。[1]
朝來渡口逢京使，說道煙塵近洛陽。[2]

注釋

1　**"白雪"二句**：我站在白雪樓上，向故鄉的方向遙望，
眼前羣山層疊，煙水茫茫。

　　白雪樓：《太平寰宇記·鄂州·長壽縣》："白雪樓在州
子城西。"**山**：指武陵山。在鄂州長壽縣東一里，亦曰
楠木山。**簇簇**：羣峯層疊貌。**水**：指漢水。流經鄂州
城。**鄉**：可指詩人故鄉陝西下邽，也可指作者誕生地河
南新鄭；可指東京洛陽，也可指西京長安。總之，是作
者熟悉或長期居留之地。

　　首句點題，總領全詩；次句寫登樓遙望所見。"望"
字，含有對故地、故人無限依戀和懷念之情，也隱含對
國事深深的憂慮。這種感情，像眼前的青山，綿延不
斷；似秋江寒浪，茫然無際。"青山"句，既寫眼前景
物，亦寓天涯淪落、歸去無期之思。

2　**"朝來"二句**：早上，我在渡口遇到從長安來的使者，
他說戰事已接近洛陽了。

　　京使：從京城來的使者。**煙塵**：代指戰事。**近洛陽**：詩
人原注："時淮西寇未平。"按，當時各道討吳元濟失
利，吳的游騎常在洛陽附近騷擾。據《舊唐書·呂元膺
傳》，元和十年八月，李師道和嵩山僧圓淨，陰謀勾結
山棚，想在洛陽起事，響應吳元濟，後為呂元膺所平。
兩句寫對國事的憂慮。"洛陽"，與首句"望鄉"呼應。
"近"字，說明情勢危急，隱含對國事的憂慮。

　　這首詩兩句為一段：一寫所見，一寫所想。"望"字，
是全詩的關鍵，所見，所想均由此引出。

舟中讀元九詩

本篇作於元和十年（815）貶江州途中。元稹有《酬樂天舟泊夜讀微之詩》，詩云：“知君暗泊西江岸，讀我閒詩欲到明。今夜通州還不睡，滿山風雨杜鵑聲。”兩詩表現手法很相似。

白居易這首詩，一、二句平平，三、四句卻寫得很有韻味。

> 把君詩卷燈前讀，詩盡燈殘天未明。[1]
> 眼痛滅燈猶闇坐，逆風吹浪打船聲。[2]

注釋

1. “把君”二句：我拿着您的詩卷在燈前細細地閱讀。詩讀完了，燈火也快要熄滅，天還沒有亮。
   兩句寫夜讀。“詩盡燈殘”，說明讀詩時間之長。

2. “眼痛”二句：因燈下讀詩太久，眼睛也有點兒發痛；我把燈焰吹滅，在黑暗中獨坐。船逆風行駛，風吹浪湧，艙外一片寂靜，只有浪打船舷的聲響。
   闇坐：在黑暗中坐着。
   兩句寫“闇坐”。夜色沉沉，水聲汩汩，詩人獨坐船中——他在想什麼？也許朋友的詩句還在激動着他，也許他思念着跟自己一樣失意的朋友，也許他在憂慮時局，感懷身世……總之，他意緒淒涼，愁腸百結。這裏，詩人沒有明白地寫出自己的內心活動，只是通過環境氣氛的描繪，給我們一種暗示，讓我們自己去體味。

贈江客

　　本篇似是乘船赴江州途中作。詩中通過深秋江上夜色的描繪，寫出了“江客”的孤寂與悽苦。但是，作者的目的不在於愁“江客”，而在於愁己與自憐。四句詩寫了柳影、鴻聲、夜空、沙頭、江水、蘆花、月色和孤舟等多種景物，巧妙地把它們組織成一幅層次清楚、氣氛濃烈、情景相生的畫圖：

> 江柳影寒新雨地，塞鴻聲急欲霜天。[1]
> 愁君獨向沙頭宿，水繞蘆花月滿船。[2]

注釋

1　“江柳”二句：地上剛下過雨，江岸柳影參差，散發着寒意；正是下霜的天氣，從塞上來的雁羣掠過寒冷的夜空，鳴聲一陣緊似一陣。

　　新：剛出現的。鴻：大雁。

　　首句寫江岸之景，次句寫夜空之景。

2　“愁君”二句：您獨自在灘頭歇宿，只有江水、蘆花和滿船的月色和您作伴，我實在為您發愁啊！

　　兩句寫江上之景，點明題意，突出一個“愁”字，作者愁己與自憐之情寓於其中。

望江州

元和十年（815）十月，白氏乘船到達江州。此詩寫於江州可望而尚未抵岸之時。四句寫望中所見，朦朧地表現出作者當時落寞淒清的心境。

江回望見雙華表，知是潯陽西郭門。[1]
猶去孤舟三四里，水煙沙雨欲黃昏。[2]

注釋

1 "江回"二句：長江回旋曲折，遠遠望見兩根華表，知道這是潯陽城西郭的門。

江：長江。華表：亦作"桓表"，立於亭驛附近，作為標誌。《漢書·酷吏傳》如淳注："舊亭傳（驛舍）於四角面百步，築土四方，上有屋，屋上有柱出，高丈餘，有大板，貫柱四出，名曰桓表。"郭：外城。

兩句點題。"雙華表"、"西郭門"是望中所見江州之景。

2 "猶去"二句：我的孤舟距離江州還有三四里。江上煙水迷茫，沙洲籠罩在雨霧之中，天色沉沉，已近黃昏時候了。

去：距離。沙：含沙質的水中灘或水旁地。欲黃昏：近黃昏。

前一句與 "回" 字呼應：長江回旋曲折。江州可望，相去仍遠。後一句寫遠望水邊的景色，寫得搖蕩迷濛，韻致無限，是寫景名句。

大林寺桃花

　　元和十二年（817）四月，白居易與元集虛等十七人遊大林寺，並在寺中棲宿。環寺清流著石，短松瘦竹，別有天地。這裏山高地深，時節絕晚：平地已是孟夏之月，山中澗草才芽，桃花始開，彷彿還是二月天。詩人有絕句云：

> 人間四月芳菲盡，山寺桃花始盛開。[1]
> 長恨春歸無覓處，不知轉入此中來！[2]

注釋

1. **"人間"二句**：人間已是繁花凋盡的四月，山寺的桃花才爛漫地開放。
   芳菲：原意為花草芬芳美盛，此指花。
   兩句點題，寫山中時節之晚，花開之遲。"盡"、"開"對比。

2. **"長恨"二句**：常恨春天回去了，無處可尋，殊不知她轉入到這山裏來了。
   長恨：常恨。**歸**：回，回去。
   兩句寫見花之喜。"春歸"、"轉入"，仍是對比，喜意溢於言表。

竹枝詞 (四首選二)

《樂府詩集》卷八十一："《竹枝》本出於巴、渝。唐貞元中，劉禹錫在沅、湘，以俚歌（民歌）鄙陋，乃依騷人《九歌》作《竹枝》新辭九章，教里中兒歌之，由是盛於貞元、元和之間。"《竹枝詞》原是巴、渝民歌，先由劉禹錫採集、整理，後為文人仿效，逐漸流行，成為樂府詩體的一種，形式如七言絕句，內容多詠地方風物。

之一

這是第一首。一個淒清的夜晚，月兒偏西，水霧低低地籠罩着瞿塘峽口。不知誰唱起了《竹枝詞》，歌聲哀婉，如泣如訴。它一定觸動起作者的愁腸，或者引起他痛苦的聯想——

瞿塘峽口水煙低，白帝城頭月向西；[1]
唱到《竹枝》聲咽處，寒猿闇鳥一時啼。[2]

注釋

1 **"瞿塘"二句**：瞿塘峽口，水霧低低地籠罩；白帝城
   上，月兒已經向西偏斜了。
   瞿塘峽：三峽之一，見《得行簡書，聞欲下峽，先以此
   寄》注。**城頭**：城上。
   兩句寫夜中之景。

2 **"唱到"二句**：不知是誰唱起了《竹枝詞》，唱到悲切的
   時候，就像愁猿苦鳥，一時啼叫起來。"闇"字亦有版
   本作"晴"。
   聲咽：謂歌聲悲切。**寒、闇**：形容猿、鳥啼悽苦。
   兩句寫夜中之歌。
   前二句與後二句互為補充，合起來描寫夜中淒清的環
   境，表現哀傷愁慘的情調，從側面烘托出作者的心境。
   全詩氣氛統一，渾然成篇，韻味無窮。

之三

　　這是第三首。這一首寫乘船自巴東至巴西所見之
景。詩人把船舫、水波、雨絲、紅花、碧葉，組織成
一幅清新秀美的風景畫。全詩樸素自然，充滿生活的
氣息。

巴東船舫上巴西，波面風生雨腳齊；[1]

水蓼冷花紅簇簇，江蘺濕葉碧淒淒。[2]

注釋

1　"巴東"二句：船兒自巴東溯江而上，駛向巴西；江面
　　風吹浪起，雨絲整齊。
　　巴東：在今四川省奉節、巫山、雲陽一帶。**巴西**：在今
　　四川省閬中一帶。**雨腳**：雨下到地面部分，即雨絲。
　　兩句寫江面之景。

2　"水蓼"二句：水蓼在寒冷中開放的花朵，一叢一叢，
　　紅艷可愛；江蘺給雨水洗濕葉子，分外碧綠。
　　水蓼：蓼科植物，生水邊，開白色帶紅的小花。**簇簇**：
　　一叢一叢。**冷花**：在寒冷中開的花。**江蘺**：香草名。亦
　　名蘄茝、蘼蕪。《本草綱目·草部三》："蘼蕪，一作蘪
　　蕪，其莖葉靡弱而繁蕪，故以名之。當歸名蘄，白芷
　　名蘺。其葉似當歸，其香似白芷，故有蘄茝、江蘺之
　　名。"《楚辭·離騷》："扈江蘺與辟芷兮。"**淒淒**：碧
　　綠貌。
　　兩句寫江岸之景。

後宮詞

本篇寫宮女之怨。它通過前殿樂歌聲的反襯和人物神情狀態的描寫，把人物的心理活動表現得細膩感人而又不着痕迹。

淚濕羅巾夢不成，夜深前殿按歌聲。[1]
紅顏未老恩先斷，斜倚薰籠坐到明。[2]

注釋

1 **"淚濕"二句**：夜深了，她愁怨滿腹，無法入睡。前殿傳過來陣陣奏樂聲，更使她感到自身的冷落，她痛苦得啜泣起來，淚水把羅巾霑濕了。

 羅巾：古代用以抹拭的一種絲巾。**按**：猶言彈奏。雍陶《少年行》："對人新按越姬箏。"

 兩句着重寫人物的痛苦。次句反襯首句。

2 **"紅顏"二句**：她美麗的容顏還未衰老，便先失去了皇帝的恩寵。她斜倚薰籠，呆呆地坐着，思前想後，直到天亮。

 薰籠：古代用以焚香薰衣的竹籠。

 兩句着重寫人的思想活動：前句直接寫，後句間接寫。

思婦眉

這首詩寫思婦的春愁。詩人不直接揭示她的內心世界，而從她的愁眉着筆，運用擬物、側面描寫和對照等多種手法，使她的愁悶顯得具體可感。全詩僅四句，卻寫得跌宕而富有神味。

春風搖蕩自東來，折盡櫻桃綻盡梅。[1]
唯餘思婦愁眉結，無限春風吹不開。[2]

注釋

1　**"春風"二句**：搖蕩的春風，由東而來，它使櫻桃被折盡，使寒梅都綻開。

　　折盡櫻桃：謂使櫻桃綻開而被人折盡，不是春風把櫻桃都吹折了。

　　兩句寫春風中的櫻桃、寒梅，與下文二句對照。

2　**"唯餘"二句**：只剩下思婦的愁眉像打上了結，無限的春風也不能把它吹開。

　　兩句寫思婦的愁眉，點明題意。"唯餘"，承接上文，開拓後二句。"愁眉結"是擬物。"吹不開"與"折盡"、"綻盡"對照，再加上"無限"二字，思婦的春愁便顯得深刻動人。

暮江吟

這是一首膾炙人口的七絕，約作於長慶二年（822）秋赴杭州途中。

《唐宋詩醇》認為這首詩"寫景奇麗，是一幅着色秋江圖"。詩人在細緻觀察的基礎上準確地把握住客觀景物的特點，通過濃烈的設色和生動貼切的比喻，把暮江秋景寫得色彩絢爛，美不勝收：

> 一道殘陽鋪水中，半江瑟瑟半江紅。[1]
> 可憐九月初三夜，露似真珠月似弓。[2]

注釋

1 **"一道"二句**：一道落日的餘暉鋪照在水面上，江水一半碧綠，一半給映紅了。

   瑟瑟：碧色。據楊慎《升庵全集》卷五十七："瑟瑟本是寶名，其色碧。"此借指江水的顏色。白氏《出府歸吾廬》詩有"嵩碧伊瑟瑟"句，可以參看。

   兩句從色彩入手寫江水。

2 **"可憐"二句**：九月初三的夜晚多麼可愛啊！露珠美得像真珠一樣，那一彎新月，就像一把弓。

   兩句以比喻寫露珠、新月。

後宮詞

白氏集中以《後宮詞》為題的詩有二首，此其一。

歷代文人，多有寫宮女之作。這一方面固然是由於她們的遭遇值得人們同情，另一方面也由於她們的遭遇易引起失意文人的同病相憐。白氏這首詩，就是借寫宮女的不幸，寄託自己政治上的失意之情。

雨露由來一點恩，爭能遍佈及千門？[1]
三千宮女胭脂面，幾個春來無淚痕！[2]

注釋

1　"雨露"二句：皇帝的恩典從來就只有那麼一點點，怎能遍及萬戶千門？
　　雨露：喻皇帝的恩澤。由來：從來。爭能：怎能。

2　"三千"二句：三千宮女的胭脂面，有幾個春來沒有淚痕？

夢行簡

寶曆元年（825）春，白居易移病還東都。一天，他在窗下做了一個夢，夢見與長安的弟弟相聚。醒後，夢中的情景仍留在他的腦際。他獨自到小橋邊漫步。天氣晴暖，水色鮮明，美麗的春色展現在他眼前。但他沒有那份閒心去欣賞——他心底裏有一種難以名狀的愁悶，想吟詩以遣愁，卻又尋不到好句，心中更平添了一層悵惘：

> 天氣妍和水色鮮，閒吟獨步小橋邊。[1]
> 池塘草綠無佳句，虛臥春窗夢阿憐。[2]

注釋

1　**"天氣"二句**：天氣晴暖，水色鮮明。我獨自在小橋邊隨意地吟詩散步。

　　妍：指春光明媚、天氣晴好。

　　首句寫春色；次句寫"閒吟"，推出第三句。

2　**"池塘"二句**：我想吟詩以遣愁，但尋不到"池塘生春草"這樣的好句——我真是白白地躺在春窗之下夢見阿憐啊！

　　池塘草綠：謝靈運《登池上樓》詩："池塘生春草，園柳變鳴禽。"《謝氏家錄》："康樂（謝靈運）每對惠連（康樂從弟），輒得佳語。後在永嘉西堂，思詩竟日不就。寤寐間，忽見惠連，即成'池塘生春草'。故常云：'此有神助，非吾語也。'"

阿憐：計有功《唐詩紀事》："行簡小字阿憐"。白氏在《同宿湖亭》詩中，亦呼行簡曰"阿憐"。

兩句寫夢後思弟的愁緒。"池塘"句，一方面使人聯想起謝靈運夢弟得佳語的故事，婉曲地抒寫了作者思弟之愁；一方面通過"池塘草綠"與"無佳句"對比，表現了自己寫不出好詩的悵惘。

魏王堤

　　洛水流入洛陽城內，經皇城端門及尚善、旌善二坊之北，南溢為池。唐貞觀中，池賜魏王泰，名魏王池，有堤與洛水相隔，即所謂"魏王堤"。沿堤柳條輕拂，池上水鳥翔泳，荌荷映日，景色艷冶。

　　本篇寫魏王堤的春意，約作於大和四年（830）春初。時作者任太子賓客分司。

　　花寒懶發鳥慵啼，信馬閒行到日西。[1]
　　何處未春先有思？柳條無力魏王堤。[2]

注釋

1　　"花寒"二句：我騎馬隨意行走，一直到太陽西下；在料峭的春寒中，花兒懶開，鳥兒懶叫，彷彿春天還未來到洛陽城似的。

　　　發：開；放。慵：懶。信馬：騎馬隨意行走。

　　　兩句泛寫"信馬閒行"所見，以突出下文二句。"寒"字，造成氣氛，籠罩全詩。"懶發"、"慵啼"，寫的是寂寞的早春之景。

2　　"何處"二句：哪裏春天未降臨便先有春意？是柳條無力地擺動着的魏王堤。

思：指春意。

兩句筆鋒一轉，寫魏王堤的春意。"柳條"，説明春意已露；"無力"，見得春意微弱：四字寫春意初透，很有分寸。

楊柳枝詞 （八首選四）

　　宋人王灼《碧雞漫誌》引《鑒戒錄》：“《柳枝》歌，亡隋之曲也。前輩詩云：‘萬里長江一旦開，岸邊楊柳幾千栽，錦帆未落干戈起，惆悵龍舟更不回。’又云：‘樂苑隋堤事已空，萬條猶舞舊春風。’”《楊柳枝》原是“亡國之音”，最早出現於隋。唐張祜有《折楊柳枝》兩絕句，其一云：“莫折宮前楊柳枝，玄宗曾向笛中吹。傷心日暮煙霞起，無限春愁生翠眉。”寫的也是家國盛衰之恨。白居易則另創別調：“古歌舊曲君休聽，聽取新翻《楊柳枝》。”（八首之一）給這種“古歌舊曲”以新的內容。據《本事詩》：白氏有姬人樊素，善歌；妓人小蠻，善舞。他最早寫的《楊柳枝詞》內容與二人有關。

　　本題八首均寫於大和末年，時白氏在洛陽官太子賓客分司。這裏選的是第三、第四、第五、第七四首。

之三

這一首寫楊柳的態和神。那風前款擺的楊柳，多麼像一個妙齡女子——她妙曼多情，卻又嬌弱無比。

> 依依嬝嬝復青青，勾引春風無限情。[1]
> 白雪花繁空撲地，綠絲條弱不勝鶯。[2]

注釋

1 **"依依"二句**：她依依嬝嬝，又青綠可愛；她情意無限，在勾引着春風。

  依依嬝嬝：楊柳柔嫩的枝條在風前款擺的樣子。

  首句從顏色、姿態入手，寫楊柳之美；次句用擬人手法，寫楊柳之神。

2 **"白雪"二句**：那潔白如雪的楊花柳絮，無端地飄墜到地上來了——她的綠絲條十分柔弱，可經不住鶯兒的魯莽啊！

  勝：堪；經得起；受得住。

  兩句寫白花、弱條。

之四

這一首詠蘇州楊柳。查慎行認為其“可憐雨歇東風定”二句，“無意求工，自成絕調”。

> 紅板江橋青酒旗，館娃宮暖日斜時。[1]
> 可憐雨歇東風定，萬樹千條各自垂。[2]

注釋

1　“紅板”二句：在紅板江橋與青色的酒帘相輝映的地方，在斜陽把館娃宮照得暖融融的時候。

　　紅板江橋：蘇州多板橋，飾以紅色。詩人另有“紅欄三百九十橋”句，可以參讀。青酒旗：見《杭州春望》注。館娃宮：古代宮名。吳王夫差為西施所造。故址在今江蘇省蘇州市西南靈巖山上的靈巖寺。古時此地遍植楊柳。

　　兩句交代時間、地點。“紅板江橋青酒旗”是一個美麗的環境，“館娃宮”是絕世佳人西施的故宮，兩句以襯托楊柳之美。

2　“可憐”二句：這時東風不吹，雨也停了，那萬樹千條的楊柳，各自低垂，顯出美妙的姿態，十分可愛。

　　四句一氣直落：前三句為結句作準備，結句才點出要領。“各自垂”三字，有無窮的韻致。

之五

這一首詠杭州楊柳。

蘇州楊柳任君誇，更有錢塘勝館娃。[1]
若解多情尋小小，綠楊深處是蘇家。[2]

注釋

1　"蘇州" 二句：蘇州的楊柳美妙極了，任您怎麼去誇獎
　　也不會過分；杭州錢塘江的楊柳，比蘇州館娃宮的楊柳
　　又更勝一籌。
　　錢塘：代指杭州錢塘江的楊柳。**館娃**：代指蘇州館娃宮
　　的楊柳。
　　兩句緊接前一首，以蘇州館娃宮的楊柳映襯，突出杭州
　　錢塘江楊柳之美。

2　"若解" 二句：要想知道多情的蘇小小，就去尋找她
　　吧——綠楊深處是她的家。
　　蘇家：實指蘇小小墓。參見《杭州春望》注。
　　兩句以 "綠楊深處" 的蘇小小墓點綴。

之七

這一首把楊柳比擬為風姿綽綽、含愁帶淚的美人。本篇運用比喻和擬人手法，寫得形情兼備。

葉含濃露如啼眼，枝嫋輕風似舞腰。[1]
小樹不禁攀折苦，乞君留取兩三條。[2]

注釋

1　"葉含"二句：楊柳的葉子飽含濃重的露水，一如帶淚含愁的眼睛；它在輕風中擺動的枝條，恰似曼妙的舞腰。

　　啼眼：猶言淚眼。

　　兩句寫楊柳的葉子和枝條。

2　"小樹"二句：那嬌小的楊柳可受不住攀折之苦啊！求您給它留下一些枝條吧。

　　禁：讀平聲。受得住。乞：求。

　　兩句寫楊柳嬌弱之質和作者對它的憐惜之情。

採蓮曲

　　這是一幅絕妙的採蓮圖。全詩僅二十八字，卻寫得有景有人，意趣橫生。畫面上，有隨波旋繞不定的菱葉，有在柔風中搖曳翻覆的荷花，有穿梭游動的採蓮小艇，有情人偶然相遇的動人場面。詩不正面寫"採蓮"，但是通過作者的暗示，讀者想像得出隱藏在荷花深處繁忙而歡樂的勞動情景：

> 菱葉縈波荷颭風，荷花深處小船通。[1]
> 逢郎欲語低頭笑，碧玉搔頭落水中。[2]

注釋

1　"菱葉"二句：菱葉隨着水波而旋繞不定，荷花因風吹而搖擺翻覆；荷花深處，採蓮的小船在穿梭游動。"風"字有版本作"水"。

　　縈波：縈於波；因水波動蕩而旋繞不定。縈，旋繞。颭風：颭於風；因風而搖擺。颭，風吹物使顫動。

　　兩句寫菱葉、荷花、小船，暗示"採蓮"。"縈"字、"颭"字，寫出了"菱葉"、"荷花"的情態。"通"字，側面寫出了人的活動。

2　"逢郎"二句：姑娘與情郎相遇，欲言又止，含羞答答地低頭微笑，碧玉搔頭跌落到水中去了。

碧玉搔頭：見《長恨歌》注。

兩句寫採蓮女子與情郎相遇的情景。"逢"字，承"通"字。"欲語"又止，"低頭"而笑，人物呼之欲出。兩句富有詩情畫意。

遊襄陽懷孟浩然

　　貞元十年（794），白居易之父季庚卒於襄州別駕任所。白氏於是年往襄陽，寫成此作。孟浩然是襄陽人，一生大部分時間隱居在故鄉。詩中表達了對孟浩然其人其文的仰慕之情。

　　　　楚山碧巖巖，漢水碧湯湯。

　　　　秀氣結成象，孟氏之文章。[1]

　　　　今我諷遺文，思人至其鄉。

　　　　清風無人繼，日暮空襄陽。[2]

　　　　南望鹿門山，藹若有餘芳。

　　　　歸隱不知處，雲深樹蒼蒼。[3]

注釋

1　"楚山"四句：楚山層巒疊嶂，鬱鬱蒼蒼；漢水水勢洶湧，一碧茫茫。是山川靈秀之氣，鬱結成孟氏的文學作品。

　　楚山：指襄陽附近的鹿門山、峴山、萬山、太山、鳳山等。襄陽屬古楚地。**巖巖**：山巒層疊的樣子。**漢水**：即漢江，流經襄陽。**湯湯**：大水急流貌。

2　**"今我"** 四句：現在我來到他的故鄉，背誦他的作品，
　　緬懷他的為人。他清高的風格已無人為繼了（斯人長
　　逝），暮色中的襄陽城顯得多麼空寂啊！

　　諷：背誦。《漢書‧藝文誌》："太史試學童，能諷書
　　九千字以上，乃得為史。" **遺文**：指孟氏留下的詩歌。
　　清風：清高的風格。**"日暮"**句：王維《憶孟六》詩："借
　　問襄陽老，江山空蔡州。" 為此句所本。

3　**"南望"** 四句：南望鹿門山，香氣馥郁，彷彿仍有孟氏
　　的餘芳。他當日歸隱之處已無人知曉，只見雲海深深，
　　樹色蒼蒼。"歸隱不知處"有版本作"舊隱不知處"。

　　藹若：猶藹然，香氣馥郁的樣子。

李都尉古劍

本篇作於元和三年至四年（808—809），時詩人任左拾遺。《唐六典》：「左補闕、拾遺掌供奉諷諫，扈從乘輿。凡發令舉事不便於時，不合於道者，大則廷議，小則上封。」白居易在《初授拾遺獻書》中說：「倘陛下言動之際，詔令之間，小有遺闕，稍關損益，臣必密陳所見，潛獻所聞。」詩人秉性耿介，在任諫官期間，直言極諫，主持公道，不為權勢所屈。

本詩詠物抒懷，以古劍喻諫官，表示不畏奸佞、寧折不彎的決心。

古劍寒黯黯，鑄來幾千秋。

白光納日月，紫氣排斗牛。[1]

有客借一觀，愛之不敢求。

湛然玉匣中，秋水澄不流。[2]

至寶有本性，精剛無與儔。

可使寸寸折，不能繞指柔。[3]

願快直士心，將斷佞臣頭；

不願報小怨，夜半刺私仇。

勸君慎所用，無作神兵羞。[4]

注釋

1　“古劍”四句：這把古劍寒氣逼人，有幾千年的歷史
　　了。它白光熠熠，在它面前，連日月也黯然無色；它靈
　　氣升騰，直衝斗牛。

　　黯黯：是“寒”的詞尾，表示“寒”的情狀，加強“寒”
　　的程度。**幾千秋**：幾千年。**白光納日月**：傳說越王勾踐
　　使人以白牛馬祀於昆吾山神，採金鑄八劍：其一曰掩
　　日，以之指日，則日暗；其三曰轉魄，以之指月，則月
　　無光。**“紫氣”句**：傳說晉代張華見有紫氣上衝斗、牛
　　兩星間，問雷煥，雷煥說有寶劍埋於豐城地下。張華
　　派雷煥為豐城令，雷煥果然在地下挖得龍泉、太阿兩
　　寶劍。紫氣，靈氣。斗、牛，二星宿名。古代以為天上
　　二十八宿與地上各區相應。豐城位於斗、牛二宿所應
　　之區。

　　前二句點題，後二句寫劍光。四句借古代傳說，用誇張
　　手法。

2　“有客”四句：有人借來一看，十分喜愛，卻又不敢索
　　求；它裝在玉匣之中，像澄澈不流的秋水，湛然發光。

　　湛然：形容古劍的光芒。湛，水清深貌。**玉匣**：玉飾的
　　匣子。

　　四句以比喻手法，仍寫劍光。

　　以上為一段，寫古劍的靈異。

3　“至寶”四句：它是至高無尚的寶物，本性精剛，無與
　　倫比；只可使它一寸寸地折斷，不可使它彎曲。

　　無與儔：不能與它相比。**繞指柔**：晉劉琨《重贈盧諶》

121

詩：「何意百煉剛，化為繞指柔。」此反用其意。

四句寫古劍精剛。

4　**"願快"六句**：它砍殺奸臣，願使耿介之士心裏痛快；它不願為報私仇而夜半殺人。您要謹慎地使用它，別羞辱這神異的兵器啊！

六句寫古劍的功用。

以上為一段，寫古劍的本性。

登樂遊園望

本詩當作於元和五年（810）。白氏任左拾遺壯志未酬，任期已滿，改官京兆府參軍。是年孔戡死，元稹與宦官爭廳受辱貶江陵。這首詩抒寫他抑鬱孤獨的心境。樂遊園：一名樂遊原。在長安南。宋敏求《長安誌》："樂遊原居京城之最高，四望寬敞，城內瞭如指掌。"

　　獨上樂遊園，四望天日曨。
　　東北何靄靄，宮闕入煙雲。[1]
　　愛此高處立，忽如遺垢氛。
　　耳目暫清曠，懷抱鬱不伸。[2]
　　下視十二街，綠樹間紅塵；
　　車馬徒滿眼，不見心所親。[3]
　　孔生死洛陽，元九謫荊門。
　　可憐南北路，高蓋者何人？[4]

注釋

1　"獨上"四句：我獨自站在樂遊園上，四面遠望，只見

落日的餘暉映照着長安城。東北煙雲密佈，宮闕高入
雲煙。

曛：落日的餘光。孫逖《下京口埭夜行》詩：「孤帆度
綠氣，寒浦落紅曛。」**靄靄**：煙雲密集的樣子。

2　**「愛此」四句**：我喜歡在這高高的地方站立，忽然覺得
好像擺脫了長安的渾濁之氣。耳目頓然覺得清曠，心情
卻仍然悒鬱不得舒展。

垢氛：渾濁之氣。謝靈運《述祖德詩》：「兼抱濟物性，
而不纓垢氛。」**伸**：舒展。

3　**「下視」四句**：往下望長安的十二條街道，綠樹與紅塵
相間。滿眼車水馬龍也是徒然啊，看不見我心中所愛
的人。

十二街：《長安誌》：「（唐皇城）城中南北七街，東西五
街，其間並列臺、省、寺、衛。」

4　**「孔生」四句**：孔戡死在洛陽，元九貶謫荊門。可惜正
直的人或早死，或遭貶謫，而馴馬高車、來往於南北大
道上的，又是什麼人呢？

孔生：即孔戡，詩人之友。白氏另有《哭孔戡》詩，對
他表示哀悼和讚譽。**可憐**：可惜。

雲居寺孤桐

雲居寺裏的孤桐，亭亭玉立，綠雲盤頂，下無旁枝。它多麼像孤直的諫臣，它多麼像作者自己！

> 一株青玉立，千葉綠雲委；
> 亭亭五丈餘，高意猶未已。[1]
> 山僧年九十，清淨老不死。
> 自云手種時，一顆青桐子。[2]
> 直從萌芽拔，高自毫末始；
> 四面無附枝，中心有通理。[3]
> 寄言立身者，孤直當如此！[4]

注釋

1　"一株"四句：雲居寺有一株青桐，它亭亭玉立，千葉盤頂，如綠雲堆疊；它拔地五丈有餘，還想往上生長呢！

綠雲：喻簇簇叢生的綠葉。**委**：堆積；堆疊。**亭亭**：聳立貌。

四句寫孤桐的姿態：首句寫態，次句寫葉，三句寫高，四句寫意。

2 **"山僧"四句：**山僧九十歲了，他六根清淨，老而不死。他說親手種它時，它不過是一顆小小的青桐子。

　　四句寫孤桐的年歲。"一顆"句推出下文二句。

3 **"直從"四句：**它昂然挺立，從萌芽長起；它高聳雲天，自毫釐開始。周圍無旁生的枝條，中心有直通的脈理。

　　通理：雙關語，表面寫孤桐的脈理，實指人的美德。

　　四句寫孤桐的神。前二句喻好品德自小養成，後二句是作者內在品德的自我寫照。

　　以上為一段，詠孤桐，並以孤桐自況。

4 **"寄言"二句：**寄語修行立身的人，應該像孤桐那樣孤直啊！

　　二句為一段，勉勵立身者，也是作者自勉。

　　全篇詠物抒懷，借孤桐以自喻，寓意豐厚，蘊藉生姿。

　　前人云："香山集中，古體多以鋪敘暢達見長……此首短峭中殊有遠勢，'高意猶未已'五字尤妙。"

秦中吟 （十首選三） 並序

　　貞元、元和之際，予在長安，聞見之間，有足悲者。因直歌其事，命為《秦中吟》。

　　《秦中吟》十首，元和五年（810）前後作於長安。這組詩，一題一事，一事一議，既反映了社會問題，也寫出了詩人對這些問題的態度和認識。它們繼承了國風、漢魏樂府以至杜詩等的優良傳統，同他的《新樂府》一樣，是我國古典詩歌中現實主義的代表作。

重賦

　　這是《秦中吟》第二首。《唐宋詩醇》認為這首詩"於時政源流利弊，言之了然，其沉著處令讀者酸鼻，杜甫《石壕吏》之嗣音也。"

　　當時皇帝除國庫外，另設私庫，儲藏羣臣貢品，以供揮霍。地方大員，為求擢升，在正稅之外，巧立名目，聚斂百姓財物，用"羨餘"的名義，向皇帝進貢。百姓在沉重的壓搾下，無以為生，而大量的財物，在皇帝的私庫中積壓腐爛，化為塵土。

厚地植桑麻，所要濟生民。
生民理布帛，所求活一身。[1]
身外充徵賦，上以奉君親。
國家定 "兩稅"，本意在憂人。[2]
厥初防其淫，明敕內外臣：
稅外加一物，皆以枉法論。[3]
奈何歲月久，貪吏得因循。
浚我以求寵，斂索無冬春。[4]
織絹未成匹，繰絲未盈斤；
里胥迫我納，不許暫逡巡。[5]
歲暮天地閉，陰風生破村。
夜深煙火盡，霰雪白紛紛。[6]
幼者形不蔽，老者體無溫；
悲喘與寒氣，併入鼻中辛。[7]
昨日輸殘稅，因窺官庫門：
繒帛如山積，絲絮似雲屯。
號為 "羨餘" 物，隨月獻至尊。[8]
奪我身上暖，買爾眼前恩。
進入瓊林庫，歲久化為塵！[9]

注釋

1 **"厚地"四句**：大地種植桑麻，是要供給百姓生活所需。百姓織製布帛，是要使自己活下去。

厚地：猶言大地。語出《後漢書·仲長統傳》"高天厚地"句。厚，也是大的意思。**濟**：原意為救助，此謂供生活所需。**生民**：人；人類。此指人民、百姓。**理**：治；製作。唐人避高宗李治諱，改"治"為"理"。

2 **"身外"四句**：百姓拿自己生活必需之外的布帛，充當賦稅，上獻以供奉皇帝。國家製定"兩稅"，本意在愛民。

身外：指自身生活必需以外的布帛。**上**：動詞。上獻。

君親：國君。二字連用，亦有以"親"比"君"的含義。

兩稅：唐玄宗開元以前，賦稅制度用租（糧穀）、庸（力役）、調（布帛）法。後戶籍廢壞，賦稅制度混亂不堪。德宗建中元年（780）二月起改行新法，將租、庸、調三者合併統收錢帛，一年分夏秋兩季徵收，謂之"兩稅"。**憂**：一作"愛"。兩字意同。

3 **"厥初"四句**：起初，為了防止賦稅淫濫，皇帝明白地告誡內臣和外臣，"兩稅"之外，再加收一物，都以違法論罪。

厥初：其初；開始。厥，指示代詞。**淫**：過度。此指賦稅方面的淫濫。**敕**：告誡。《史記·樂書》："君臣相敕，維是幾安。"《後漢書·馬防傳》："數加譴敕。"

內外臣：內臣和外臣。內臣，指皇帝左右的宦官；外臣，與內臣相對而言。**枉法**：違法。**論**：論罪。

以上為一段，寫百姓繳納賦稅和國家製定"兩稅"法的本意，與下段對比。

4 **"奈何"四句**：無奈時間長了，貪官污吏就得以沿用舊法，仍在"兩稅"之外勒索實物；殘酷地榨取我們老百姓，一年到頭無休止地搜刮，以求得皇帝的恩寵。

因循：指沿用舊稅法。**浚**：榨取。**無冬春**：不論在冬天或春天。即一年到頭。

5 **"織絹"四句**：絹還未織成一匹，絲也未繰滿一斤，里正就催迫我們繳納，不容許稍有遲延。

盈：滿。**逡巡**：徘徊不前。此指遲延。

"未成匹"，"未盈斤"，寫"斂索"之急。"迫"字、"不許"二字，寫"里胥"的兇惡。

6 **"歲暮"四句**：年晚天地冥塞不開，蕭條破敗的村子，颳起了陣陣陰風。深夜裏，白雪紛紛飄落，家家煙火盡滅，苦不堪言。

天地閉：有天地冥塞不開之意，是古代人們對自然現象、李節氣候的一種想像的解釋。《禮記·月令》："孟冬之月……天氣上騰，地氣下降，天地不通，閉塞而成冬。"《易·坤卦·文言傳》："天地變化，草木蕃。天地閉，賢人隱。"語出於此。**霰**：雪珠。

7 **"幼者"四句**：年幼的，衣不敝體；年老的，身上沒一點兒暖氣。悲哀的喘息和寒凍的氣息，一齊灌進我辛酸的鼻子裏。

"悲喘"，一作"悲端"。

以上為一段。揭露貪官污吏無休止地"斂索"百姓的罪

惡。本段描寫具體，有景有情，揭露深刻，與下段形成
強烈的對比。

8　**"昨日" 六句**：昨天我們去繳納未清的稅額，因而有機
會從官庫的門縫中偷看：裏邊繒帛堆積如山，絲絮多似
雲屯；這些稱作 "羨餘" 的財物，按月獻給皇帝。
輸：繳納賦稅。**殘稅**：一作 "餘稅"，指未清的稅額。
羨餘：盈餘的賦稅。《唐會要》卷八十八載："及貞元
末，（鹽鐵）遂月獻焉，謂之月進。"。**隨月**：按月。**至
尊**：封建時代對皇帝的一種稱呼。

9　**"奪我" 四句**：剝奪了我們身上賴以保暖的衣物，以買
取你們眼前的恩寵。這堆積如山的羨餘物，儲入瓊林庫
以後，年深月久，積壓腐爛，化為塵土。
瓊林庫：唐德宗別藏貢物之所。在今陝西省乾縣。
以上為一段，從 "羨餘物" 堆積糟蹋情況，進一步揭露
斂索的罪惡。

輕肥

這是《秦中吟》第七首。詩題本《論語・雍也》：
"乘肥馬，衣（用如動詞）輕裘。" 此以借指達官顯
宦，兼喻其生活豪奢。

中唐以後，朝政昏亂，宦官擅權。至貞元、元和
之際，朝廷軍政要職多把持在宦官之手。他們政治上

翻雲覆雨，作風上驕縱蠻橫，生活上奢侈腐化。在老百姓心目中，宦官是權勢的象徵、醜惡的代名詞。詩中表現作者對這夥人極端的鄙視和痛恨。詩歌描寫生動，對比強烈，揭露深刻，是一幅絕妙的政治漫畫。

> 意氣驕滿路，鞍馬光照塵。
> 借問何為者？人稱是內臣。[1]
> 朱紱皆大夫，紫綬或將軍。
> 誇赴軍中宴。走馬去如雲。[2]
> 罇罍溢九醞，水陸羅八珍。
> 果擘洞庭橘，膾切天池鱗。
> 食飽心自若，酒酣氣益振。[3]
> 是歲江南旱，衢州人食人！[4]

注釋

1. **"意氣"四句**：有夥人騎着馬，一路上意氣驕橫，漂亮的馬鞍光彩照塵。問路人這些傢伙是幹什麼的，路人說他們是宦官。

   意氣：意態神氣。有揚揚自得、很了不起的意味。《史記·管晏列傳》："意氣揚揚，甚自得也。" **驕滿路**：極言行進間意氣驕橫。**內臣**：原意為皇帝的近臣，後多以特指宦官。

   前二句從意態神氣寫宦官之"驕"，用筆簡潔，生動傳神；後二句一問一答，點出所要敘寫的對象。

2　"朱紱"四句：他們佩戴朱紱、紫綬，都是大夫或將軍。他們誇耀說要去赴軍中的宴會，策着馬一下子就像雲一樣消失得無影無踪。

　　朱紱、紫綬：紱和綬都是古代官員繫印的絲帶。顏色因官階不同而有別。《詩·曹風·候人》毛傳："大夫以上，赤芾（紱）乘軒。"《史記·范雎蔡澤列傳》："懷黃金之印，結紫綬於要（腰）。"

　　前二句寫官階；後二句寫去向，推出下文六句。

3　"罇罍"六句：壺罐裏的美酒滿得要溢出來了，桌上擺滿了水陸出產的珍貴的食品。吃洞庭山的橘子，用海產的魚做魚膾。他們吃飽了心裏泰然自若；喝夠了更是神氣十足。

　　罇罍：盛酒的壺罐。九醞：美酒名。《西京雜記》卷一："以正月旦作酒，八月成，名曰酎，一名九醞。"洞庭橘：今江蘇省太湖洞庭山的橘子，味美。八珍：八種珍貴的食品。說法不一。一說是龍肝、鳳髓、鯉尾、鴞炙、猩唇、豹胎、熊掌、酥酪蟬八種。膾：將魚肉切細作菜，亦作"鱠"。天池鱗：海產的魚。天池，指海。《莊子·逍遙遊》："南冥者，天池也。"成玄英疏："大海洪川，原夫造化，非人所作，故曰天池。"鱗，指魚。振：盛貌。

　　六句寫"軍中宴"的豪奢。

4　"是歲"二句：這一年江南發生了旱災，衢州出現了人食人的現象。

是：指示代詞。此；這。**江南旱**：史載，元和四年
（809）“南方旱饑”。**衢州**：今浙江省衢縣。

兩句寫江南旱饑，與上文六句形成強烈的對比，反襯宦
官之奢糜腐朽。

買花

這是《秦中吟》第十首。《才調集》題作《牡丹》。

唐李肇《國史補》卷中：“京城貴遊尚牡丹三十
餘年矣。每春暮，車馬若狂，以不耽玩為恥。執金吾
鋪官圍外寺觀，種以求利，一本有直（值）數萬者。”
本篇具體地描述了這種情況：

> 帝城春欲暮，喧喧車馬度。
> 共道牡丹時，相隨買花去。[1]
> 貴賤無常價，酬直看花數：
> 灼灼百朵紅，戔戔五束素。[2]
> 上張幄幕庇，旁織笆籬護。
> 水灑復泥封，移來色如故。[3]
> 家家習為俗，人人迷不悟。[4]
> 有一田舍翁，偶來買花處。
> 低頭獨長歎，此歎無人諭。

一叢深色花，十戶中人賦！[5]

注釋

1 **"帝城"四句**：京城春天將盡之時，路上車馬奔馳，人聲喧鬧。大家都説，這是牡丹開得最美的時候，人們成羣結隊地前去買花。

四句寫"買花"之盛。首句交代地點、時間，二至四句點題，領起全詩。

2 **"貴賤"四句**：價錢多少沒有定準，給價看花的數目來計算。百朵紅艷艷的牡丹價值五匹帛。

酬直：酬，給價。直，同"值"。**灼灼**：艷盛的樣子。《詩·周南·桃夭》："桃之夭夭，灼灼其華。" **戔戔**：眾多的樣子。語出《易·賁》："束帛戔戔"。

四句寫花的價值，與前四句互相映襯，突出買花者奢侈。

3 **"上張"四句**：上面張設帷幕遮庇，旁邊編起籬笆保護。又是灑水，又是泥封，移種後花色依然如故。

四句寫護花周到。

4 **"家家"二句**：京城裏家家如此，習以為俗；人人都迷戀於買花種花，不知道這樣做不好。

前句是上文的總括，後句是下文的發端；兩句是上下文的過渡。

5 **"有一"六句**：有一個年老的莊稼漢，偶然來到買花的地方。他獨自低頭長歎，這一聲長歎沒有一個人能夠理

135

解——一叢顏色濃艷的牡丹花，價值抵得上十戶中等
人家繳納的稅額啊！

田舍翁：老農；年老的莊稼漢。**諭**：知曉；理解。**中人
賦**：唐代賦稅制度按家產分上戶、中戶、下戶，稅額
不等。

六句借“田舍翁”的歎息，引出詩人的議論。結尾二
句，用對比手法，諷刺買花者的奢侈豪華，同時也表示
了詩人對窮人的同情。

初與元九別後，忽夢見之，及寤，而書適至，兼寄《桐花詩》。悵然感懷，因以此寄

元稹年輕時鋒芒太露，為執政者所疑忌。元和元年（806）已由左拾遺貶河南尉，後改授監察御史舉使東川。四年，在御史任因劾奏東川節度使嚴礪，觸犯嚴黨。五年春，在由東京召赴長安途中，又發生與宦官劉士元爭廳事，結果以"少年後輩，務作威福"的罪名，貶江陵府士曹參軍。元稹謫江陵後，曾寄書給在長安的作者，並附《三月二十四日宿曾峯館夜對桐花寄樂天》一詩。白氏酬以此篇。

這首詩情意摯厚，格調沉鬱，章法謹嚴，是樂天的優秀之作。清人潘德輿《養一齋詩話》云："'永壽寺中語'一首，如作家書，如對客面語，變漢魏之面貌而得其神理，實不可以'淺易'目之者。與《寒食野望吟》，皆白詩之絕調也；樂府以外，此為稱首矣。"

> 永壽寺中語，新昌坊北分。
> 歸來數行淚，悲事不悲君。[1]
> 悠悠藍田路，自去無消息。

計君食宿程，已過商山北。[2]

昨夜雲四散，千里同月色。

曉來夢見君，應是君相憶。[3]

夢中握君手，問君意何如。

君言苦相憶，無人可寄書。[4]

覺來未及說，叩門聲冬冬；

言是商州使，送君書一封。[5]

枕上忽驚起，顛倒着衣裳。

開緘見手札，一紙十三行。[6]

上論遷謫心，下說離別腸。

心腸都未盡，不暇敘炎涼。[7]

云作此書夜，夜宿商州東；

獨對孤燈坐，陽城山館中。[8]

夜深作書畢，山月向西斜。

月下何所有？一樹紫桐花。

桐花半落時，復道正相思；[9]

殷勤書背後，兼寄《桐花詩》。

《桐花詩》八韻，思緒一何深！[10]

以我今朝意，憶君此夜心。

一章三遍讀，一句十回吟。

珍重八十字，字字化為金。[11]

注釋

1　**"永壽"四句**：還記得在永壽寺中、新昌坊北與您話別的情景；回家以後，我禁不住流下了淚水——我是為您貶謫的事而悲，不是為您個人而悲啊！

　　永壽寺、新昌坊：均是詩人與元稹在長安話別之所。白氏《和答詩》序："五年春……而微之已即路，邂逅相遇於街衢中，自永壽寺南，抵新昌里北，得馬上語別。"

　　四句追憶話別情景和別後悲懷。"悲事不悲君"，為全詩定下了基調。

2　**"悠悠"四句**：自從您離開長安，踏上經過藍田縣的漫長的道路以來，就一直沒有消息；計算您行進的路程和食宿所花去的時間，現在已走過商山以北了。

　　藍田：縣名。在長安東南。**商山**：在商州（今陝西省商縣）東南。是元稹由長安謫往江陵必經之地。

3　**"昨夜"四句**：昨夜雲霾四散，朗月高懸，我們相隔千里，卻同在這月色之下思念着自己的朋友；天亮時，我在夢中與您相會——您也該在思念我吧！

　　君相憶：您思念我。相，此為代詞，指代"憶"的對象，表示一方對另一方的關懷，不表示相互關係。

　　前二句寫月下懷人，後二句寫夢中相見；四句具體深刻地寫出了對朋友的思念之情。"千里"句，借同一的事物（月），寫出了兩地共同的感情，句意婉折含蓄，是樂天慣用的手法。如："共看明月應垂淚，一夜鄉心五處同"；"憐君獨向澗中立，一把紅芳三處心"；"我厭宦

139

遊君失意，可憐秋思兩心同"等。

4 **"夢中"四句**：我夢中握着您的手，問您心緒怎麼樣。
您説您在苦苦地思念着我，可惜沒有人能替您把信
捎來。

以上為一段，寫別後相憶。

5 **"覺來"四句**：我來不及再説話，就醒過來了，只聽見
冬冬的叩門聲。**叩門的説**："我是商州來的使者，給您
送來一封信。"

6 **"枕上"四句**：我從枕上忽然驚起，匆忙得連衣服都穿
顛倒了；我拆開信封，看見您的親筆書簡 —— 一張信
紙寫了滿滿的十三行。

緘：封。**手札**：親筆書簡。

"枕上"二句，寫得生動形象，從側面表現出詩人關心
朋友的急切心情。

以上為一段，寫夢後得信。

7 **"上論"四句**：前邊談論貶謫以後的心情，後邊訴説別
離的愁懷；思想和愁懷都來不及盡情傾訴，再沒有閒暇
去問候寒暖。

8 **"云作"四句**：信上説，寫這封信的那天晚上，您正
在商州以東住宿：在陽城驛站上的山館裏，對着孤燈
獨坐。

陽城：驛站名，在商縣東。《元氏長慶集》卷二《陽城
驛》云："商有陽城驛。"

9 **"夜深"六句**：寫完信的時候，夜已深了，月兒正偏向
西邊的山上。月下有什麼？有一樹紫桐花。又説在桐花

半落之時，您正在思念着遠方的朋友。

紫桐：開紫花的桐樹。

10　**"殷勤"四句**：您情意懇切深厚，兼把桐花詩寫在信的
　　背後寄來：桐花詩共八韻十六句，詩中所表達的思緒是
　　多麼深沉啊！

　　殷勤：情意懇切深厚，亦指懇切深厚的情意。司馬遷
　　《報任少卿書》："未嘗銜杯酒，接殷勤之餘歡。" **八韻**：
　　古詩多兩句押韻，八韻即十六句。

11　**"以我"六句**：以我今朝的心緒，思念起那天晚上您的
　　思想感情；我一遍又一遍地讀着您的詩篇，反覆吟誦着
　　詩中的句子——我多麼珍愛這首詩啊！彷彿它的每一
　　個字，都變成了金子。

　　八十字：五言詩八韻十六句，共八十字。**珍重**：珍愛；
　　愛惜。《楚辭·遠遊序》："是以君子珍重其志，而瑋其
　　辭焉。"

　　以上為一段，寫信中內容。

酬元九《對新栽竹有懷》見寄

　　白氏有《贈元積》詩，句云："無波古井水，有
節秋竹竿。"元和五年（810）秋，元積種竹廳下，
懷念朋友，並作《種竹》詩寄贈。白氏酬以此篇。

　　昔我十年前，與君始相識。
　　曾將秋竹竿，比君孤且直。[1]
　　中心一以合，外事紛無極。
　　共保秋竹心，風霜侵不得。[2]
　　始嫌梧桐樹，秋至先改色。
　　不愛楊柳枝，春來軟無力。[3]
　　憐君別我後，見竹長相憶。
　　常欲在眼前，故栽庭戶側。[4]
　　分首今何處？君南我在北。
　　吟我贈君詩，對之心惻惻！[5]

注釋

1　"昔我"四句：十年前，我與您剛剛結識！我會用秋天
　　的竹子，比喻您孤直的品格。

十年前：貞元十七年（801），詩人與元稹同登科，始相結織。

2　**"中心"四句**：兩人心志相同，不管外事紛紜無盡，亦矢志不渝；我們都保持着秋竹般孤直的品格，儘管有風霜侵犯，也不能使它改變。

四句謂二人心志相同，堅持操守。白氏《贈元稹》詩云："豈無山上苗？徑寸無歲寒。豈無要津水？呎尺有波瀾。之子異於是，久要誓不諼；無波古井水，有節秋竹竿……不為同登科，不為同署官。所合在方寸，心源無異端。"四句所表達的思想感情與此詩同。

3　**"始嫌"四句**：從那時候開始，我們便嫌棄梧桐樹，因為秋天一到，它便改變顏色；也不愛楊柳枝，因為春天一來，它便柔軟無力。

四句以"梧桐"、"楊柳"與"秋竹"對比，並以"始嫌"、"不愛"，從反面寫兩人的心志。以上八句，四正四反，運用擬人手法。

以上為　段。

4　**"憐君"四句**：您跟我分別以後，看見竹子，便常常想起了朋友；希望朋友經常在自己眼前，所以便在住宅旁邊種上了竹子——您這樣深摯的感情，我是多麼愛惜啊！

憐：愛惜。參讀白氏《白牡丹》詩："憐此皓然質，無人自芳馨。"**長**：常。王安石《書湖陰先生壁》詩："茅檐長掃淨無苔"。

四句寫元稹的友情。元稹《種竹》詩云："昔公憐我直，

比之秋竹竿。秋來苦相憶，種竹廳前看。”四句緊扣元
積詩意。

5　　“分首”四句：分別以後，現在我們各在何處？您在南
方我在北方。此刻我吟詠着十年前贈給您的那首詩，不
禁心中傷悲。

分首：分離。君南我在北：時元積貶為士曹參軍，在江
陵；白居易在長安，二人一南一北。贈君詩：指《贈元
積》詩。惻側：悲痛的樣子。潘岳《寡婦賦》：“庶浸遠
而哀降兮，情惻惻而彌甚。”

四句寫作者對元積的思念及由此而引起的傷感。

以上為一段。

傷唐衢 （二首選一）

這是第一首。

唐衢，詩人之友，一生鬱鬱不得志。《舊唐書·唐衢傳》云："嘗客遊太原，屬戎帥軍宴，衢得預會。酒酣言事，抗音而哭。一席不樂，為之罷會。"同書又說他"竟不登一命而卒"。

本篇是傷逝之作，寫於噩耗傳來之時。作者回顧了兩人結識及送行話別的情景，對朋友之死表示無限的哀傷；同時，對他的不幸遭遇表示深切的同情和悲憫。整首詩感情沉摯動人。

> 自我心存道，外物少能逼。
> 常排傷心事，不為長歎息。[1]
> 忽聞唐衢死，不覺動顏色；
> 悲端從東來，觸我心惻惻。[2]
> 伊昔未相知，偶遊滑臺側，
> 同宿李翱家，一言如舊識。[3]
> 酒酣出送我，風雪黃河北。
> 日西并南頭，語別至昏黑。[4]
> 君歸向東鄭，我來遊上國。

交心不交面，從此重相憶。[5]

憐君儒家子，不得詩書力。

五十着青衫，試官無祿食。[6]

遺文僅千首，六義無差忒；

散在京索間，何人為收得！[7]

注釋

1　"自我"四句：自從我懂得了禍福得失的道理以來，外
　　物就很少能對我有所影響，碰到傷心的事情，我常常能
　　自我排解，不會為它而長嗟短歎。
　　道：指"窮通相倚伏"，即所謂禍福得失的道理。參讀
　　白氏《遣懷》詩"寓心身體中，寓性方寸內。此身是外
　　物，何足苦憂愛？況有假飾者，華簪及高蓋。此又疏於
　　身，復在外物外。操之多慄慄，失之又悲悔。乃知名與
　　器，得喪俱為害。顏然環堵室，蘊藉為巾帶。自得此道
　　來，身窮心甚泰。"外物：指身外之禍福得失憂愛等。
　　排：排解。
　　四語引出下文四句。

2　"忽聞"四句：忽然聽說唐衢死了，不覺悲痛得臉色都
　　改變了。這悲哀的事是從東邊傳來的，它觸動着我，使
　　我萬分悲痛。
　　動顏色：變了臉色。悲端：引起悲哀的事。從東來：時
　　作者在陝西，唐衢可能死在河南，故云。觸：觸動。

四句寫噩耗傳來，心中引起巨大的悲痛。由於有前四句的反襯，唐衢之死在詩人心中引起的悲痛便顯得異乎尋常。"悲"，是全詩的基調，它發於開首，流注全篇。

以上為一段。

3　**"伊昔"四句**：昔日我還未認識您，我偶然到滑臺遊歷。我們同住在李翱家裏，一傾談起來，好像早就認識的老朋友。

伊昔：昔日。伊，發語詞。**滑臺**：地名。唐滑州治所。在今河南省滑縣。**李翱**：字習之，隴西人。貞元十四年進士，累官諫議大夫、山南東道節度使。著有《李文公集》。

四句寫與唐衢結識的情景。

4　**"酒酣"四句**：記得我在酒酣之時離開李家，您出來相送，當時黃河北岸正風雪交加。我們在落日的斜照中並馬前行，依依話別，直至夜幕降臨。

四句寫相送話別的情景。"風雪"而"出送"，見出唐衢的友情。"日西"二句，寫得難捨難分。

以上為一段。

5　**"君歸"四句**：您回東鄭去了，我到長安遊歷。朋友之間，重要的是心靈溝通，不一定要經常見面——自從分別以後，我們彼此深深地思念着。

東鄭：滎陽（今河南省滎陽縣）。宋本《太平御覽》引《唐書》："有鄭人唐衢者。" 唐衢即滎陽人。**上國**：指長安。**交心**：指朋友間心靈溝通。

6　**"憐君"四句**：您出身書香門第，飽讀詩書，卻得不到詩書之力，實在令人憐惜。五十歲了，還是穿着青色的衣服，沒有正式的官職，沒有正式的俸祿。

五十：白氏《寄唐生》詩説他"五十饑且寒"，此説"五十着青衫"，他可能只活到五十歲。**着青衫**：唐制：八、九品官着青色的公服。**試官**：臨時或暫代的、非正式任命的官職。

四句悲其不遇。

7　"**遺文**"四句：您的遺作近千篇，它們都與六義相符，一點也沒有失誤。它們分散在京、索二地，誰能替他搜集起來啊！

僅：將近，接近。意在言其多，非"僅有"。**六義**：指《詩經》之《風》，《雅》、《頌》三種體裁和興、比、賦三種表現手法。是樂天等在新樂府運動中積極倡導的文學傳統。**差忒**：失誤。《淮南子‧時則訓》："陶器必良，火齊必得，無有差忒。"**京、索**：二地名。京，漢置京縣，在滎陽東南。索，古大索城，即滎陽縣。一作"京洛"，非。

四句讚其遺文，悲其散佚。前二句映襯後二句，仍然表現一個"悲"字。

以上為一段。

香爐峯下，新置草堂，即
事詠懷，題於石上

元和十二年（817）春作。時白氏在江州。

作者《草堂記》云：“匡廬奇秀，甲天下山。山北峯曰香爐，峯北寺曰遺愛寺。介峯寺間，其境勝絕，又甲廬山。元和十一年秋，太原人白樂天見而愛之，若遠行客過故鄉，戀戀不能去。因面峯腋寺，作為草堂。”本詩寫修築草堂的經過、草堂的環境及作者居此的樂趣。香爐峯：《太平寰宇記·江州》：“香爐峯在廬山西北，其峯尖圓，煙雲聚散，如博山香爐之狀。”

> 香爐峯北面，遺愛寺西偏。
> 白石何鑿鑿，清流亦潺潺。[1]
> 有松數十株，有竹千餘竿。
> 松張翠傘蓋，竹倚青琅玕。[2]
> 其下無人居，惜哉多歲年！
> 有時聚猿鳥，終日空風煙。[3]
> 時有沉冥子，姓白字樂天。
> 平生無所好，見此心依然。

如獲終老地，忽乎不知還。⁴
架巖結茅宇，斸壑開茶園。⁵
何以洗我耳？屋頭飛落泉。
何以淨我眼？砌下生白蓮。⁶
左手攜一壺，右手挈五弦。
傲然意自足，箕踞於其間。⁷
興酣仰天歌，歌中聊寄言。⁸
言我本野夫，誤為世網牽。
時來昔捧日，老去今歸山。⁹
倦鳥得茂樹，涸魚反清源。
舍此欲焉往？人間多險艱！¹⁰

注釋

1　**"香爐"四句**：香爐峯北面，遺愛寺西邊，白石多麼鮮潤，清澈的流水潺潺作響。
　　鑿鑿：鮮明貌。《詩·唐風·揚之水》："白石鑿鑿。""白石"句本此。**潺潺**：象聲詞。水流聲。**遺愛寺**：查慎行《廬山紀遊》："按寺本唐鄭宏憲所創，韋應物刺江州時，有《題鄭侍御遺愛草堂》詩云：'居士近依僧，青山結茅屋。'"

2　**"有松"四句**：這個地方有松樹數十株、竹子千餘竿。松樹張開蒼翠的傘蓋；竹子青翠，像一竿竿立着的青翠

150

美玉。

倚：立着。《荀子・性惡》："倚而觀天下民人之相與
也。"王念孫云："倚者，立也，言立而觀之。"**琅玕**：
美玉名。青琅玕，喻竹竿。

3　**"其下"四句**：在這蒼松翠竹之下，多少年無人居住，
實在可惜啊！除了有時猿鳥來這裏聚集之外，此地終日
無人，風煙寂寞。"惜哉多歲年"亦有版本作"悠哉多
歲年"。

其：指松、竹。

以上為一段，寫草堂的位置和周圍的自然環境。最後四
句是上下文的過渡。

4　**"時有"六句**：這時有個隱者姓白字樂天，平生除了遊
賞風景之外無所愛好，見到這個環境便戀戀不捨，就像
找到一個終老之地，流連忘返。

沉冥子：指隱者。揚雄《法言・問明》："蜀莊沉冥。蜀
莊之才之珍也，不作苟見，不治苟得，久幽而不改其
操。"莊，莊遵，漢人避明帝劉莊諱，改莊為嚴，後
人稱為嚴君平。成帝時卜筮於成都，日得百錢即閉門
讀《老子》，著書十餘萬言。終生不仕，著《道德真經
指歸》十三卷，現存七卷。**依然**：戀戀不捨的樣子。
忽：忘。

5　**"架巖"二句**：在巖石上架築草堂，挖掘山溝，開辟茶
園。**斸**：挖掘。

以上為一段，寫築草堂的經過。

6　**"何以"四句**：用什麼清洗我的耳朵？用屋頂上飛落的

泉水。用什麼潔淨我的眼睛？用池中生長的白蓮。

　　洗我耳：皇甫謐《高士傳》："堯又召（許由）為九州長，由不欲聞之，洗耳於潁水濱。""**淨我**"句：佛家以為人六根（眼、耳、鼻、舌、身、意）不淨，皈依三寶（佛、法、僧），稱佛名號，始得清淨。"**砌下**"句：晉慧遠法師集儒、僧一百二十三人，結社於廬山東林寺，立誓修西方淨業。寺中多白蓮，故名蓮社。砌，石砌之池岸。

7　"**左手**"四句：我左手提着酒壺，右手拿着五弦琴，放浪形骸，悠然自得，傲視人世。

　　箕踞：膝微屈而坐，形如箕，故云。古人以為不恭之態。

8　"**興酣**"二句：興致濃的時候仰天高歌，歌裏道出我內心的話。

9　"**言我**"四句：唱道：我本是村野之人，誤被世網所牽。往日時運來的時候，做過皇帝的侍臣；如今老了，便在山林歸隱。

　　野夫：猶言野人。指農民。《孟子‧滕文公上》："無君子莫治野人，無野人莫養君子。"亦泛指在"野"之人。《論語‧先進》："先進於禮樂，野人也。"劉寶楠正義："野人者，凡民未有爵祿之稱也。"**捧日**：《宣室誌》載，楊炎夜夢捧日，後果為相。此喻做皇帝的侍臣。

10　"**倦鳥**"四句：現在我好像倦鳥找到茂盛的樹，涸魚回到了清泉。（這是我最理想的歸宿。）人世多艱險，除此之外，我還想到哪裏去呢？

"倦鳥"句：語本陶潛《歸去來辭》："鳥倦飛而知還。"

涸魚：涸泉中的魚。《莊子·大宗師》："泉涸，魚相與處於陸。"反：通"返"。

以上為一段，寫自己樂於居此的原因。

感情

　　這是一首愛情詩，寫於貶江州期間。詩人從看見鞋子想到贈鞋子的情人，想起她贈鞋的情意；因而發出"人隻履猶雙，何曾得相似"的感歎。詩歌語言樸實，情意真切，頗為感人。

　　　　中庭曬服玩，忽見故鄉履。
　　　　昔贈我者誰？東鄰嬋娟子。[1]
　　　　因思贈時語，特用結終始；
　　　　永願如履綦，雙行復雙止。[2]
　　　　自吾謫江郡，漂蕩三千里。
　　　　為感長情人，提攜同到此。[3]
　　　　今朝一惆悵，反覆看未已。
　　　　人隻履猶雙，何曾得相似？[4]
　　　　可嗟復可惜，錦表繡為裏。
　　　　況經梅雨來，色黯花草死。[5]

注釋

1　"中庭"四句：我在院子裏曬衣服玩物，忽然看見由故

154

鄉帶來的鞋子。從前贈我鞋子的人是誰？是東鄰漂亮的閨女。

嬋娟：美好貌。孟郊《嬋娟篇》：「花嬋娟，泛春泉。竹嬋娟，籠曉煙。」**子**：古代亦指女性。《韓非子·說林上》：「衛人嫁其子。」

2　**「因思」四句**：因而我想起她贈鞋時的話：「特意用它來締結始終如一的愛情。願我們永遠像這雙鞋子，成對成雙地生活在一起。」

特：特意。**綦**：履的飾物。代指履。

3　**「自吾」四句**：自從我貶謫到江州，遠到故鄉，獨自飄泊。為感激多情的姑娘，我把它帶到這裏。

4　**「今朝」四句**：今天拿起鞋子，看了又看，惆悵不已。鞋子還是成對成雙，人卻形單影隻——人和鞋子怎能相似！

5　**「可歎」四句**：它手工精細，錦表綉裏，我辜負了她的情意，真是可歎又可惜；何況經過梅雨的天氣，錦的光彩和綉的化卓都已黯然失色。

梅雨：即黃梅雨。

題潯陽樓

　　詩人登上潯陽城樓，見匡廬聳翠，寒浪秋江……他情思奔湧，感慨無限：

> 常愛陶彭澤，文思何高玄；
> 又怪韋江州，詩情亦清閒。[1]
> 今朝登此樓，有以知其然：
> 大江寒見底，匡山青倚天。
> 深夜湓浦月，平旦爐峯煙。[2]
> 清輝與靈氣，日夕供文篇。[3]
> 我無二人才，孰為來其間？
> 因高偶成句，俯仰愧江山。[4]

注釋

1　**"常愛"四句**：我向來愛慕陶淵明，他文思何等高玄！
　　我又奇怪韋應物的詩情如此清閒。
　　陶彭澤：晉代詩人陶淵明，曾為彭澤（今江西彭澤縣）
　　令，後世稱之為"陶彭澤"。**韋江州**：唐代詩人韋應
　　物，曾為江州刺史，故稱。
　　白氏從二人的文思、詩情，聯想到哺育他們的大好河

山，巧妙地引出下文的寫景和感歎。

2　**"今朝"六句：**今天登上這潯陽樓，才知道他們能這樣是有原因的：大江寒波湧動，清澈見底；廬山聳翠，高倚天際。深夜，溢浦映月；平明，煙繞爐峯。

匡山：廬山。在九江南。古有匡俗結廬於此，故名。**溢浦：**水名。在江西省九江縣西，北流入長江。**爐峯：**指香爐峯。為廬山北峯。**煙：**指山上的雲氣。慧遠《廬山記》："香爐山……氣籠其上，則氤氳若香煙。"

3　**"清輝"二句：**清輝與靈氣，無論白天還是夜晚，都供養着他們的文學作品。

以上八句寫景，説明陶淵明文思高玄、韋應物詩情清閒的原因。

4　**"我無"四句：**我沒有這兩個人的才氣，為什麼來這裏呢？我只不過憑高遠眺，偶然成詩罷了。實在有愧於這大好的江山啊！

孰為：為什麼。**因高：**憑高。

四句以感慨作結。句中一方面表現出詩人的謙虛，一方面也流露出他的天涯淪落之恨。

客中月

本篇以"月"為綫索，寫旅途的寂寞與悽苦。客中，作客他鄉途中。

> 客從江南來，來時月上弦。
> 悠悠行旅中，三見清光圓。[1]
> 曉隨殘月行，夕與新月宿。
> 誰謂月無情，千里遠相逐。[2]
> 朝發渭水橋，暮入長安陌。
> 不知今夜月，又作誰家客？[3]

注釋

1　"客從"四句：有個作客他鄉的人從江南來，來時正好是上弦月；在悠長的旅途上，他三次看見了月兒圓。

　　清光：月光。代指月亮。

　　四句寫旅途之悠長。

2　"曉隨"四句：天一亮，他便隨殘月上路，晚上與新月同宿。誰説月亮無情？在悠長的旅途上，它總是追隨着客旅。

　　逐：追隨。

四句寫客途的寂寞與悽苦。

3　**"朝發"四句**：早上從渭水橋出發，晚上踏入長安的街道。不曉得今天晚上，月亮又作誰家之客？

渭水：渭河。黃河上最大的支流。源出甘肅省渭源縣鳥鼠山，東流橫貫陝西省渭河平原，在潼關縣入黃河。

四句申足"悠悠"二字，並以"客"字回應開首，綰結全詩。"又"字，有不盡之意，使全詩的內容更深、更廣。

長相思

《長相思》，古曲名。《樂府詩集》列為"雜曲歌辭"。六朝至唐，文人多有擬作。本篇寫一位姑娘對她的情郎的相思之情。

> 九月西風興，月冷露華凝。
> 思君秋夜長，一夜魂九升！[1]
> 二月東風來，草坼花心開。
> 思君春日遲，一日腸九迴。[2]
> 妾住洛橋北，君住洛橋南。
> 十五即相識，今年二十三。[3]
> 有如女蘿草，生在松之側；
> 蔓短枝苦高，縈迴上不得。[4]
> 人言人有願，願至天必成。
> 願作遠方獸，步步比肩行，
> 願作深山木，枝枝連理生。[5]

注釋

1 "九月"四句：九月颳起了西風，露水凝聚，月光充滿了寒意。在漫長秋夜中，想念您啊，想得我終夜心神不定！"露"有版本作"霜"。

露華：即露水。**九升**：語本潘岳《寡婦賦》："意忽悅以遷越兮，神一夕而九升。"意謂多次波動不寧。九，泛言次數之多。

四句寫秋夜相思：前二句寫時間環境，為後二句渲染氣氛；後二句寫情。

2　**"二月"四句**：二月裏東風吹，草芽兒長出了葉子，花心也綻開——在悠長的春日裏，想念您啊，想得我一日腸九轉！"坼"有版本作"折"。

腸九迴：喻愁苦之極。司馬遷《報任少卿書》："是以腸一日而九迴，居則忽忽若有所亡。"

四句寫春日相思。表現手法與前四句相同。

3　**"妾住"四句**：我住在洛橋北，您住在洛橋南。我們從十五歲就相識，今年二十三了。

四句寫兩人交情之深，為前八句補說原因，為後十句作鋪墊。

4　**"有如"四句**：就像那女蘿草，生長在松樹身邊——女蘿蔓短，松樹枝高，怎麼攀也攀不上啊！

女蘿：植物名，所指不一。《詩·小雅·頍弁》："蔦與女蘿，施於松柏。"毛傳："女蘿，菟絲也。"《廣雅·釋草》和《本草綱目》都以為女蘿即松蘿。按：菟絲為旋花科植物，有蔓；松蘿為地衣門松蘿科植物，兩者不相類。今按詩意，作者亦以女蘿為菟絲。**縈迴**：旋繞。

四句以女蘿自喻，以松樹比對方，說自己難以高攀。

5　　　"人言"六句：人們説，人如果有了一個心願，而這個
　　　心願又極端懇切的話，上天就必定會成全他。我的心願
　　　是做遠方獸 —— 兩獸肩並肩行走；我的心願是做深山
　　　裏的樹 —— 兩棵樹的樹枝生長在一起。

　　　至：最，極。**遠方獸**：指蟨和邛邛岠虚。《爾雅·釋
　　　地》："西方有比肩獸焉，與邛邛岠虚比，為邛邛岠虚齧
　　　甘草；即有難，邛邛岠虚負而走，其名謂之蟨。" 據説
　　　邛邛岠虚狀如馬，前足似鹿而長，後足似兔而短，善走
　　　而不善尋食。蟨則前足如鼠而短，後足如兔而長，善尋
　　　食而不善行走。前者背着後者行走，後者採食餵養前
　　　者，二者相依為命。此以喻夫婦。**比**：並列；聚靠。**連
　　　理生**：參看《長恨歌》注。

　　　六句寫與對方結為夫婦的願望。

長恨歌

本篇作於元和元年（806），時詩人任盩厔縣尉。

唐玄宗（李隆基）和楊貴妃（玉環）的悲劇故事，在民間流傳已久。白居易據此作《長恨歌》，後來陳鴻為之作《長恨歌傳》。《唐宋詩醇》云：“（《長恨歌》）情文相生，沉鬱頓挫，哀艷之中，具有諷刺。”近人陳寅恪《元白詩箋證稿》亦云：“若夫樂天之長恨歌，則據其自述之語，實係自許以為壓卷之傑構，而亦為當時之人所極欣賞且流播最廣之作品。此無怪乎歷千歲之久至於今日，仍熟誦於赤縣神州及雞林海外‘王公妾婦牛童馬走之口’（元微之白氏長慶集序中語）也。”

漢皇重色思傾國，御宇多年求不得。
楊家有女初長成，養在深閨人未識。[1]
天生麗質難自棄，一朝選在君王側。
回眸一笑百媚生，六宮粉黛無顏色。[2]
春寒賜浴華清池，溫泉水滑洗凝脂。
侍兒扶起嬌無力，始是新承恩澤時。[3]
雲鬢花顏金步搖，芙蓉帳暖度春宵。

春宵苦短日高起，從此君王不早朝。[4]

承歡侍宴無閒暇，春從春遊夜專夜。

後宮佳麗三千人，三千寵愛在一身。

金屋妝成嬌侍夜，玉樓宴罷醉和春。[5]

姊妹弟兄皆列土，可憐光彩生門戶。

遂令天下父母心，不重生男重生女。[6]

驪宮高處入青雲，仙樂飄飄處處聞。

緩歌慢舞凝絲竹，盡日君王看不足。

漁陽鞞鼓動地來，驚破《霓裳羽衣曲》。[7]

九重城闕煙塵生，千乘萬騎西南行。

翠華搖搖行復止，西出都門百餘里。[8]

六軍不發無奈何，宛轉蛾眉馬前死。

花鈿委地無人收，翠翹金雀玉搔頭。

君王掩面救不得，回看血淚相和流。[9]

黃埃散漫風蕭索，雲棧縈紆登劍閣。

峨嵋山下少人行，旌旗無光日色薄。[10]

蜀江水碧蜀山青，聖主朝朝暮暮情。

行宮見月傷心色，夜雨聞鈴腸斷聲。[11]

天旋日轉回龍馭。到此躊躇不能去。

馬嵬坡下泥土中，不見玉顏空死處。[12]

君臣相顧盡霑衣，東望都門信馬歸。

歸來池苑皆依舊，太液芙蓉未央柳。

芙蓉如面柳如眉，對此如何不淚垂？[13]

春風桃李花開日，秋雨梧桐葉落時。

西宮南內多秋草，落葉滿階紅不掃。

梨園弟子白髮新，椒房阿監青娥老。[14]

夕殿螢飛思悄然，孤燈挑盡未成眠：

遲遲鐘鼓初長夜，耿耿星河欲曙天。[15]

鴛鴦瓦冷霜華重，翡翠衾寒誰與共？[16]

悠悠生死別經年，魂魄不曾來入夢。

臨邛道士鴻都客，能以精誠致魂魄。

為感君王展轉思，遂教方士殷勤覓。[17]

排雲馭氣奔如電，升天入地求之遍。

上窮碧落下黃泉，兩處茫茫皆不見。[18]

忽聞海上有仙山，山在虛無縹緲間。

樓閣玲瓏五雲起，其中綽約多仙子。

中有一人字太真，雪膚花貌參差是。[19]

金闕西廂叩玉扃，轉教小玉報雙成。

聞道漢家天子使，九華帳裏夢魂驚。

攬衣推枕起徘徊，珠箔銀屏迤邐開。[20]

雲鬢半偏新睡覺，花冠不整下堂來。

風吹仙袂飄颻舉，猶似霓裳羽衣舞。

玉容寂寞淚闌干，梨花一枝春帶雨。[21]

含情凝睇謝君王，一別音容兩渺茫。

昭陽殿裏恩愛絕，蓬萊宮中日月長。[22]

回頭下望人寰處，不見長安見塵霧。

唯將舊物表深情，鈿合金釵寄將去。[23]

釵留一股合一扇，釵擘黃金合分鈿。

但教心似金鈿堅，天上人間會相見。[24]

臨別殷勤重寄詞，詞中有誓兩心知。

七月七日長生殿，夜半無人私語時。

在天願作比翼鳥，在地願為連理枝。[25]

天長地久有時盡，此恨綿綿無盡期！[26]

注釋

1 　"漢皇"四句：漢皇喜好美色，統治國家多年也尋不着
　　一個絕世美人。楊家有個女孩子剛好長大成人，養在深
　　閨還未為人們所知。
　　漢皇：本指漢武帝劉徹，此借指唐玄宗。下文"漢"字
　　均借指唐。**傾國**：指美女。據《漢書‧外戚傳》，李延
　　年曾作歌讚美一個佳人，歌云："北方有佳人，絕世而
　　獨立。一顧傾人城，再顧傾人國。"後以"傾國傾城"
　　形容美女之貌。**御宇**：統治國家。**楊家有女**：楊貴妃
　　是蜀州司戶楊玄琰之女，小名玉環，幼時養在叔父玄

珪家。

四句寫唐玄宗欲求美女，楊玉環深藏閨中。"重色"是全詩的核心。"思"字、"求"字，為下文張本。

2 **"天生"四句**：她麗質天生，難以不露頭角，果然有一天被選進宮中，侍侯皇上。她回頭嫣然一笑，便千姿百態、嫵媚動人，六官妃嬪都黯然無色。

選在君王側：開元二十三年（735），楊玉環冊封為壽王（玄宗之子李瑁）妃。二十八年，玄宗使她為道士，居太真宮，號為太真。天寶四年（745）冊封為貴妃。

六宮：后妃的住處。**粉黛**：原是婦女的化妝品，常用作婦女的代稱。此泛指六宮的妃嬪。**無顏色**：不美。

四句寫楊貴妃麗質天生，儀態出眾。寫容貌，只拈出"天生麗質"四字加以概括；寫神態，則拋卻瑣屑的鋪陳，運用細節描寫與反襯手法，集中寫最動人之處，寥寥十四字，給人深刻的印象。

3 **"春寒"四句**：初春餘寒未消，皇上賞賜她在華清池洗浴，讓柔滑的溫泉洗滌她白細嫩的肌膚。被侍女扶起出浴時，體態是那樣嬌美柔弱。這是她剛剛得寵的時候。

華清池：驪山華清宮的溫泉。開元十一年建溫泉宮於驪山，天寶六年改名華清宮。玄宗於每年冬季或春初到華清宮避寒。據《明皇雜錄》："上嘗於華清宮中，置長湯數十，賜從臣浴。"**凝脂**：形容皮膚白嫩柔滑。語出《詩·衛風·碩人》"膚如凝脂"句。**承恩澤**：謂受皇帝恩寵。

四句寫華清池賜浴。

4 **"雲鬢"四句**：兩鬢美如流雲，容顏艷若春花，髮髻上插着金製的步搖。芙蓉帳裏春意融融，她與君王共度良宵。春夜實在太短啊！他們睡到日頭高高地升起，從此君王不再早朝了。

步搖：古代貴婦頭飾，用金銀綫屈曲製成花枝鳥獸形狀，上綴珠子，插於髮髻，行時搖動，故名。**芙蓉帳**：以芙蓉（荷花）為圖飾的帳子。也泛指華麗的帳子。

前二句寫貴妃的容貌、頭飾，後二句寫玄宗對貴妃的迷戀。前二句正面寫，後二句側面寫。

5 **"承歡"六句**：她善於迎合皇上的心意，終日侍候皇上飲宴，博取他的歡心。白天，她陪伴他遊賞春色；晚上，他只同她一個人過夜。後宮有幾千如花似玉的美女，他只寵愛她一人。在深宮妝扮好了，她才去侍候皇帝睡覺；在樓上飲宴完了，他們便醉醺醺地合歡。

承歡：迎合他人心意以博取歡心。《新唐書·玄宗貴妃楊氏》："……而太真得幸，善歌舞，邃曉音律，且智算警穎，迎意輒悟。帝大悦，遂專房宴。"**金屋**：《漢武帝故事》："（帝為膠東王）數歲，長公主抱置膝上，問曰：'兒欲得婦否？'膠東王曰：'欲得婦。'長公主指左右長御百餘人，皆云不用。末指其女問曰：'阿嬌好否？'於是乃笑對曰：'好，若得阿嬌作婦，當作金屋貯之。'"**玉樓**：指華麗的樓閣。**和春**：指男女交歡。

六句寫楊貴妃得寵。

6 **"姐妹"四句**：親屬都高官厚祿，真是滿門光彩，令人

168

羨慕。這教世間的父母都有不重生男重生女的思想。

皆列土：列土，分封士地。天寶四年楊玉環冊封貴妃後，父玄琰追贈太尉、齊國公；大姐封韓國夫人；三姐封虢國夫人；八姐封秦國夫人；宗兄銛官鴻臚卿；錡官侍御史；釗賜名國忠，故云“皆列土”。**“不重”句**：語本《史記‧外戚世家（褚少孫補）》：“生男無喜，生女無怒，獨不見衛子夫霸天下？”

四句謂楊氏全家高官厚祿，從側面寫她得寵。

以上為一段，寫楊貴妃因 美深受玄宗寵愛。

7 **“驪宮”六句**：驪山上的宮殿高聳入雲，美妙的音樂隨風遠揚，到處可聞。長長的歌兒慢慢地唱，嬌柔的舞姿十分迷人，悠長的樂音娓娓動聽，皇帝終日欣賞不夠。不料漁陽傳來了驚天動地的戰鼓，《霓裳羽衣曲》便再也不能演奏了。

驪宮：驪山上的宮殿。玄宗、貴妃常玩樂於此。**緩歌**：參看白氏《早發赴洞庭舟中作》：“出郭已行十五里，唯消 曲慢霓裳。”**慢舞**：參看白氏《霓裳羽衣舞歌》：“飄然轉旋回雪輕，嫣然縱送游龍驚。小垂手後柳無力，斜曳裾時雲欲生。”**凝**：言調徐緩悠長。謝朓《鼓吹曲》：“凝笳翼高蓋。”**漁陽**：天寶元年改薊州為漁陽郡，轄今北京市東面地區。**鞞**：同“鼙”，古代軍中小鼓，一說騎鼓。**《霓裳羽衣曲》**：古代著名舞曲名。詩人《霓裳羽衣舞歌》自注：“開元中，西涼府節度楊敬述造。”《太真外傳》：“進見之日，奏《霓裳羽衣曲》。”注云：“《霓裳羽衣曲》者，是玄宗登三鄉驛，望女兒山所作也。”

此曲當是玄宗據楊敬述所獻之曲寫成。

前四句承接上文，寫玄宗、貴妃玩樂於驪山；後二句急轉直下，寫安史之亂起，是本段的發端。前四句與後二句互為映襯，暗示悲劇的根源。陳寅恪《元白詩箋證稿》云：「句中特取一『破』字者，蓋破字不僅含有破散或破壞之意，且又為樂舞術語（謂舞曲開始），用之更覺渾成耳。又霓裳羽衣『入破』時，本奏以緩歌柔聲之絲竹，今以驚天動地急迫之鞞鼓與之對舉，相映成趣，乃愈見造語之妙矣。」

8　**"九重" 四句：** 戰禍降臨到京城裏來了，成千上萬的軍馬隨從，簇擁着玄宗與楊貴妃離開長安，向西南逃奔。翠羽裝飾的旗幟迎風飄動。隊伍走出延秋門百餘里的地方，又止步不前。

　　九重城闕： 指京城。**煙塵生：** 指戰禍降臨。**乘：** 四馬駕一車。**騎：** 一人一馬的合稱。**翠華：** 指皇帝儀仗中用翠鳥羽裝飾的旗子。**都門：** 指長安官中之延秋門。玄宗、楊貴妃自此逃出。

　　四句寫長安危急，玄宗、楊貴妃向西南奔逃。

9　**"六軍" 六句：** 六軍不肯再往前走了，玄宗無可奈何，只得下令楊貴妃自盡——她輾轉掙扎，慘死馬前。各種各樣的首飾丟棄在地上，無人收拾。君王挽救不了，唯有掩面不看；他回過頭來看見那情景，哭得是多麼悽慘！

　　六軍： 據《周禮》所載，天子有六軍，每軍一萬二千五百人，後以泛指皇帝的軍隊。玄宗時，實際只有左、右龍武，左、右羽林，合共四軍。**宛轉**：輾轉。《楚辭·哀時命》：「愁修夜而宛轉兮。」王逸注：「言己愁思，展轉而不能臥。」**蛾眉**：美女之代稱。此指楊貴妃。**委**：丟棄在地上。**花鈿、翠翹、金雀、玉搔頭**：均為婦女首飾。花鈿，鑲嵌珠寶的首飾。翠翹，形似翠鳥長毛的首飾。金雀，用金製成雀形的釵。玉搔頭，玉製的簪類。《西京雜記》：「武帝過李夫人，就取玉簪搔頭，自此宮人搔頭皆用玉。」

六句寫楊貴妃馬嵬自盡的悲劇。《舊唐書·肅宗紀》：「至馬嵬頓，六軍不進。」玄宗被逼先殺楊國忠、後命楊貴妃自盡。「無奈何」、「救不得」，寫出當時玄宗的心理和處境。「宛轉」句和「花鈿」二句，生動地描繪楊貴妃「馬前死」的慘狀，與上文所寫楊貴妃專寵的情景恰成對照。

10 **「黃埃」四句**：黃塵漫天飛揚，寒風呼嘯，景象蕭索。高入雲霄的棧道曲折盤旋，玄宗好不容易登上了劍門關。峨眉山下行人稀少，日色皆暗，旌旗也顯得黯無光彩了。

雲棧：高入雲霄的棧道。**縈紆**：盤旋曲折。**劍閣**：即劍門關。在今四川省劍閣縣北。**峨嵋山**：在今四川省峨嵋縣境。玄宗奔蜀，未經此地。此泛言蜀中之山。

四句寫入蜀途中之景，渲染蕭索、悽慘的氣氛，從側面表現出玄宗的悲傷。

11 **「蜀江」四句**：蜀中江水澄碧，山巒青翠。皇帝對楊貴妃的懷念之情，朝朝暮暮，如碧水不斷、青山常在。他在行宮看見月色，就傷心無限；雨夜聽到鈴聲，便愁腸寸斷。

行宮：京城之外供皇帝外出時居住的宮室。**夜雨聞鈴**：《明皇雜錄》："明皇既幸蜀，西南行，初入斜谷，屬霖雨涉旬，於棧道雨中聞鈴音，與山相應。上既悼念貴妃，採其聲為《雨霖鈴》曲以寄恨焉。"

四句寫玄宗在入蜀途中對楊貴妃的懷念。"朝朝暮暮"，見其切；"見月傷心"、"聞鈴腸斷"，見其悲。

12 **"天旋"四句**：國運有了轉機，皇帝從蜀中又回到了長安。他來到楊貴妃自盡的地方，便躊躇不忍離去。馬嵬坡下，再也看不見楊貴妃了，只見她慘死的地方。

天旋日轉：比喻國運有了轉機。至德二年九月，郭子儀等收復長安，十二月，玄宗自蜀返京，局勢好轉。**回龍馭**：指玄宗自蜀中回長安。龍馭，皇帝的車駕。**此**：指楊貴妃自盡處。**去**：離開。**馬嵬坡**：在今陝西省興平縣西。地在"西出都門百餘里"處。**玉顏**：代指貴妃。**空死處**：承前省一"見"字。據《新唐書·后妃傳》載，玄宗自蜀回京，途經馬嵬貴妃葬地，遣人備棺槨改葬。挖土，見香囊仍在，悲痛欲絕。

以上為一段，寫安史之亂起，玄宗奔蜀，貴妃縊死，是全詩的高潮。

13 **"君臣"六句**：君臣相看，淚濕衣衫，他們遙望東邊的長安城，信馬回去。歸來見池苑都還是舊時的樣子：太液池的荷花還是那樣的艷麗，未央宮裏的楊柳還是那樣的婀娜多姿。荷花彷如她嬌媚的面容，柳葉恰似她秀氣的眉彎。對着這些景物，他怎能不悽然淚下？

顧：看。**信馬**：騎馬隨意漫步。**太液**：池名。在長安城東北大明宮內。現在西安市北郊未央區孫家灣南。**未央**：宮名，在長安縣西北。太液、未央，漢代均有其名。此借指唐代的池苑宮殿。

前二句是上下文的過渡；後四句寫他回京的悲痛。"歸來"二句，以池苑依舊映襯人事全非；"芙蓉"二句，通過聯想與比喻，深刻地寫出了玄宗懷人之痛。

14　**"春風" 六句**：春天，和風輕拂，桃李花開；秋天，雨灑梧桐，落葉蕭蕭。西宮、南內秋草叢生；經霜的紅葉，落滿了臺階，無人打掃。梨園弟子長出了白髮，椒房的女官和年輕貌美的宮女都衰老了。

西宮、南內：宮禁稱"大內"。唐以大明宮為東內、興慶宮為南內、太極宮為西內，玄宗自蜀返京，先住南內。《新唐書‧李輔國傳》載，權宦李輔國假借肅宗（李亨）名義，脅迫太上皇（玄宗李隆基）遷居西內甘露殿，並流貶其左右親信。**梨園弟子**：宋程大昌《雍錄》卷九："開元二年，置教坊於蓬萊宮，上（玄宗）自教法曲，謂之'梨園弟子'。至天寶中，即東宮置宜春北苑，命宮女數百人為梨園弟子，即是。'梨園'者，按樂之地；而預教者，名為'弟子'耳。"**椒房**：皇后所居，以花椒和泥塗壁，取其溫香，兼取多子多孫之義，稱之為"椒房"。**阿監**：指宮內女官。**青娥**：指年青貌美的宮女。

六句描繪宮中之景，渲染淒涼氣氛，表現玄宗的孤單與

173

傷感，同時也隱含詩人的同情與感慨。"白髮新"、"青娥老"對舉，景象淒涼，感慨無限。

15 **"夕殿"四句**：晚上螢火飛舞，愁思無限。他獨處一室，與油燈作伴，燈芯都挑盡了，還是不能入睡。鐘鼓陣陣，長夜漫漫，時間過得多麼慢啊！星河燦爛，天快要亮了。

悄然：憂愁的樣子。**孤燈挑盡**：謂夜已深。古時油燈以燈草作芯，隔一段時間須把燈草往前挑，使不熄滅。**耿耿**：明亮貌。**星河**：銀河。**欲曙天**：天快要亮。

四句寫長夜不眠，愁緒萬千。以客觀景物的描繪，表現出人物的主觀世界，不露斧鑿，手法絕妙。

16 **"鴛鴦"四句**：鴛鴦瓦上堆積着厚厚的霜花，室內寒氣襲人。有誰跟他共蓋一張繡着翡翠鳥的被子？他與楊貴妃一生一死，悠悠相隔，分別已許多歲月了，她的亡魂還未曾到過他的夢境啊！

鴛鴦瓦：屋瓦一俯一仰，兩相扣合，謂之"鴛鴦瓦"。**霜華**：即霜花。**重**：指霜厚。**翡翠衾**：繡上翡翠鳥的被子。翡翠衾寒，一作"舊枕故衾"。**魂魄**：楊貴妃的亡魂。

四句寫玄宗寒夜孤眠，懷人深切。

以上為一段，寫玄宗返京後對楊貴妃的懷念。

17 **"臨邛"四句**：有一位在京城客居的臨邛道士，能憑着人們對死者的一片精誠，把亡魂招來。他為玄宗對楊貴妃輾轉思念之情所感動，殷勤地去尋找她的魂魄。

臨邛：今四川省邛崍縣。**鴻都**：洛陽宮門名，漢代藏書

教學之所。《後漢書・靈帝紀》：「（光和元年二月）始置
鴻都門學生。」此借指長安。**致魂魄**：《楊太真外傳》：
「有道士楊通幽自蜀來，知上皇（玄宗）念楊貴妃，自
云有李少君之術（招亡魂之術）。上皇大喜，命致其神
（亡魂）。」**教**：使，令。**方士**：古代泛指從事巫祝術數
的人。即上文所說的「道士」。

四句以道士為招亡魂引起本段。

18 **「排雲」四句**：他排雲駕霧，飛奔如電；他升天入地，
上下找遍：上找遍了天庭，下找遍了黃泉，天地茫茫，
怎麼也找不見。

窮：動詞，盡。此有找遍的意思。**碧落**：指天上。**黃
泉**：指地下。

四句申足「殷勤覓」三字，具體寫「覓」的情景，從側
面表現玄宗的一片「精誠」。

19 **「忽聞」六句**：忽然聽説海上有座仙山，坐落在虛無縹
緲之間。那裏樓閣玲瓏，升起五色的彩雲，裏邊住着許
多美麗的仙子。當中有一個表字太真，肌膚雪白，貌美
如花，她彷彿就是楊貴妃。

五雲：五色的雲。**綽約**：美好貌。**參差是**：彷彿就是。

四句寫楊貴妃亡魂的下落。「忽聞」二字，急轉直落，
開拓下文。

20 **「金闕」六句**：叩開金門樓西廂的玉門，叫侍婢進去轉
報。聞説唐朝天子的使者來了，楊貴妃在華麗的帳子裏
驚醒。她披衣推枕，起牀徘徊，於是珠簾子、銀屏風便
接連打開。

金闕：據《太平御覽》引《金剛經》：仙境上清宮左有金闕，右有玉闕。闕，宮門外的門樓。玉扃：玉作的門。小玉、雙成：小玉，白氏《霓裳羽衣舞歌》自注：「吳王夫差女小玉。」雙成，《漢武帝內傳》：「（西王母）又命侍女董雙成吹雲和之笙。」此以小玉、雙成借指楊貴妃在仙山上的侍婢。漢家：借指唐。使：使者。九華帳：繡上九華圖案的彩帳。此泛指華麗的帳子。攬衣：披衣。珠箔：珠簾。《西京雜記》：「昭陽殿織珠為簾。」銀屏：銀製的屏風。迤邐：連接不斷。

首句承上，次句啟下，後四句寫貴妃在仙山上聽到皇帝使者到來時的情景。「聞」、「驚」、「攬」、「推」、「起」、「徘徊」、「開」，寫人物一連串的行為動作。作者通過對人物行為動作的細節描寫，從側面表現出人物的心理。

21 **「雲鬢」六句**：她剛從睡夢中醒來，美麗的鬢髮一邊弄偏了。她花冠不整便走下堂來。天風吹拂着她的衣袖，飄飄欲舉，還似昔日跳「霓裳羽衣舞」的模樣。美麗的容顏因寂寞而含愁帶淚，彷彿春天的一枝霑滿雨水的梨花。

袂：衣袖。**「猶似」句**：《楊太真外傳》：「上又宴諸王於木蘭殿，時木蘭花發，皇情不悅。妃醉中舞《霓裳羽衣》一曲，天顏大悅。」**寂寞**：冷落；孤獨。元稹《行宮》詩：「寥落古行宮，宮花寂寞紅。」**闌干**：縱橫散亂的樣子。

六句寫容貌、風度和神態。

以上為一段，寫道士到仙山找着了楊貴妃。

22　**“含情”四句**：她含情凝視，感謝君王的情意：“自別以來，我與他音容相隔，會面難期。昭陽殿裏的恩愛早已斷絕，我唯有在蓬萊宮中度着漫長的日子。”

　　凝睇：凝視。**昭陽殿**：漢宮名，趙飛燕居此。此借指貴妃所居之仙境。

　　四句訴説自己的孤獨。“兩渺茫”、“恩愛絕”、“日月長”，一字一淚。

23　**“回頭”四句**：回頭向下面的人間望去，望不見長安啊，只見塵霧迷漫！唯有用舊物表達我對君王的一片深情。請替我把金釵和鈿盒子帶去。

　　舊物：《長恨歌傳》：“定情之夕，授金釵、鈿合以固之。”

　　鈿合：鑲有金花紋的盒子。**寄將去**：託請捎去。將，助詞。

　　四句謂寄舊物以表深情。

24　**“釵留”四句**：“我留下金釵一股、鈿盒一片。我把金釵擘開，把鈿盒子分作兩半。但願我們的心像金釵和鈿盒一樣經久不變。我們雖分隔在天上、人間，相信總有一天能夠見面。”

　　“釵留”句：釵有兩股，盒有兩片，寄一留一。**釵擘黃金**：把黃金製的釵分開。**擘**：剖；分開。**合分鈿**：把鑲金花的盒子分作兩半。

　　四句謂分金釵、鈿合以表堅貞。

25　**“臨別”六句**：臨別之時，她又深情地託道士把話捎給君皇，話中有他們兩人才知道的誓言——七月七日夜半無人的時候，他們曾在長生殿偷偷地發誓：「在天願作比翼鳥，在地願為連理枝。」

殷勤：情意深厚。**「詞中」句**：《長恨歌傳》載：天寶十年，玄宗、楊貴妃避暑於驪山宮中。秋七月，牽牛、織女相見之夜，兩人仰天發誓，願世世為夫婦。下文兩句則是當時的誓詞。**長生殿**：《唐會要》卷三十：「天寶元年十月，造長生殿，名為集靈臺，以祀神。」**比翼鳥**：雌雄相比而飛的鳥。**連理枝**：不同根生而枝幹結合在一起的兩棵樹。

六句寫臨別寄語。

26　**「天長」二句**：天長地久還有個盡頭，此限綿綿，沒有了結的時候啊！

兩句是作者的議論與感慨。

以上為一段，記楊貴妃的話，點明「長恨」，綰結全篇。

晚秋夜

這是月夜懷人之作。作者通過對深秋夜色的描繪，抒寫自己懷人的愁思。

> 碧空溶溶月華靜，月裏愁人弔孤影。[1]
> 花開殘菊傍疏籬，葉下衰桐落寒井。[2]
> 塞鴻飛急覺秋盡，鄰雞鳴遲知夜永。[3]
> 凝情不語空所思，風吹白露衣裳冷。[4]

注釋

1 "碧空"二句：月色溶溶，碧空無際，夜是那樣地寂
　　靜。我站在月下，對影感傷，愁思無窮。

　　溶溶：水盛貌。此以水態寫月色。**月華**：月光，月色。

　　月裏愁人：作者自指。

　　兩句寫月下懷人。"愁"字、"弔"字、"孤"字，寫
　　出了作者此時此地的心境。懷人之情發於首端，流注
　　全詩。

2 "花開"二句：幾朵還未凋謝的菊花，在籬邊開放着；
　　衰颯的梧桐，在秋風中落葉紛紛，有些葉子飄墜到井中
　　去了。

　　葉下：葉落。**衰桐**：衰颯的梧桐。

上句寫籬邊的殘菊，下句寫衰颯的梧桐。兩句描繪肅殺凄清之景，烘托出一個"愁"字來。"殘菊"、"衰桐"，點"晚秋"二字。

3　**"塞鴻"二句**：從塞上忽忽飛過的鴻雁，就感到秋天快到盡頭了；鄰雞遲遲不啼，才知道夜是多麼長啊！

塞鴻：塞上的鴻雁。**夜永**：夜長。

上句言時序遷移，思歸懷人之情隱含其中；下句言夜長，見出不眠的苦況。兩句緊扣"秋夜"二字。

4　**"凝情"二句**：我默默地、苦苦地思念着遠方的親人，但會面難期，思念也是徒然。秋風吹拂，白露下降，我在屋外站得太久，衣裳也給露濕了，這時我才感到有點寒冷。

凝情：謂思想感情高度集中。

兩句寫月下凝想的情景，與開首二句呼應。"凝情"，見思念之深。"空所思"，隱含思而不見之痛。"衣裳冷"，暗示月下徘徊之久。

新樂府 （五十首選七）並序

序曰：凡九千二百五十二言，斷為五十篇。篇無定句，句無定字，繫於意，不繫於文。首句標其目，卒章顯其志，詩三百之義也。其辭質而徑，欲見之者易喻也。其言直而切，欲聞之者深誡也。其事覈而實，使採之者傳信也。其體順而肆，可以播於樂章歌曲也。總而言之，為君、為臣、為民、為物、為事而作，不為文而作也。

樂府，原是漢武帝所設的音樂機構，掌管搜集和整理民間或文人的詩歌以配樂。後來，凡是這類入樂的詩歌以及歷代文人沿用樂府舊題的擬作，都稱為樂府體。於是，樂府便成了詩體的名稱。元和四年（809），白居易摹仿杜甫的樂府詩，寫成《新樂府》五十首。這些詩篇，繼承了杜甫"三吏"、"三別"、《悲陳陶》、《留花門》等詩的優良傳統，立新意、標新題，從內容到形式，較之杜甫以前的舊樂府都有所創新。它們揭露了政治的黑暗和統治者的無恥荒淫，反映了老百姓的苦難。從自序中可以清楚地看到，作者的創作目的在於諷諫皇上，"兼濟"民生。

上陽白髮人　愍怨曠也

這是《新樂府》第七篇，題亦作《上陽人》。上陽，洛陽宮名。作者原注："天寶五載已後，楊貴妃專寵，後宮人無復進幸矣。六宮有美色者，輒置別所，上陽是其一也。貞元中尚存焉。"這首詩通過一個宮女的遭遇，控訴了統治者大量摧殘民女的罪行，寫出了宮女老死宮中、不得婚配的怨憤，表達了詩人對她們深切的悲憫之情。

上陽人，紅顏闇老白髮新。綠衣監使守宮門，一閉上陽多少春！[1] 玄宗末歲初選入，入時十六今六十。同時采擇百餘人，零落年深殘此身。[2] 憶昔吞悲別親族，扶入車中不教哭。皆云入內便承恩，臉似芙蓉胸似玉。[3] 未容君王得見面，已被楊妃遙側目。妒令潛配上陽宮，一生遂向空房宿。[4] 宿空房，秋夜長！夜長無寐天不明。耿耿殘燈背壁影，蕭蕭暗雨打窗聲。[5]春日遲，日遲獨坐天難暮。宮鶯百轉愁厭聞，梁燕雙棲老休妒。[6]鶯歸燕去長悄然，春往秋來不記年。唯向深宮望明月，東西四五百回圓。[7]今日宮中年最老，大家遙賜尚書號。小頭鞋履窄衣裳，青黛點眉眉細長。外人不見見應笑，天寶末年時世妝。[8]上陽人，苦最多。少亦苦，老亦苦，少苦老苦兩如何？[9]君不見昔時呂向《美人賦》，又不見今日上陽白髮歌。[10]

注釋

1 **"上陽"四句**：上陽宮人啊！你年輕美麗的容顏，隨着歲月的流逝，不知不覺地衰老，新的白髮不斷地生長。綠衣監使把守着宮門。上陽宮一關閉，你在宮中送走了多少個寂寞的春天！

紅顏：年輕人紅潤的臉色。也特指女子艷麗的容顏。**綠衣使者**：唐代掌管宮闈出入的宮闈令由太監擔任，是從七品下的內官。六、七品官規定穿綠衣。

四句感歎上陽宮人紅顏漸老、歲月流逝。"多少春"三字，推出下文四句。

2 **"玄宗"四句**：玄宗末年剛被選進宮中時，你才十六歲，現在已是六十歲了。同時被選入宮的百餘人，年深日久，一個個相繼逝去，幸存的，就只剩你一個了。

今：指貞元中，非指作詩的時間。**殘**：剩餘。

四句具體寫上陽宮人入宮時間之長，控訴統治者強選民女的罪惡。仍用對照手法。

以上為一段。

3　**"憶昔"四句**：回想當日你強忍着悲痛與親友告別，被扶入車裏，大家都不許你哭泣。人人都說，你臉如芙蓉，胸似白玉，進宮便能承受皇帝的恩寵。

教：讓。**內**：大內，宮禁。**芙蓉**：荷花的別稱。即芙蕖。

四句寫入宮時告別親族的情景。入宮的，強忍着悲痛；送行的，又是"扶"，又是勸說，又是安慰：四句敘事生動。"悲"字，是四句的核心，也是全詩的基調。

4　**"未容"四句**：還未容許你有機會與君王見面，你就被楊貴妃妒忌——她遠遠地對你怒目而視，暗地裏把你分配到上陽宮。這樣，你就一生一世在空房獨宿。

側目：怒目而視。這裏形容妒忌的樣子。**潛配**：暗中分配。

四句寫初入宮時的遭遇，為下文作鋪墊。

5　**"宿空"五句**：宿空房啊，秋夜長！你愁思滿腹，難入夢鄉；長夜漫漫，天不肯亮。靠牆殘燈一盞，燈光微弱，燈影搖動；室外，蕭蕭暗雨，敲打着窗子。

耿耿：微明貌。謝朓《暫使下都夜發新林至京邑贈西府同僚》詩："秋河曙耿耿，寒渚夜蒼蒼。"**背壁**：靠壁。

五句寫夜中的孤寂與愁苦。"耿耿"二語，情景交融，韻致無限。

6　**"春日"四句**：春日過得多麼緩慢！你獨坐房中，好容易才捱到天黑。宮中歡樂的鶯兒不停地唱着，你愁緒萬端，聽見就覺得厭煩；樑上棲燕雙雙，你年紀老了，看見也不會羨妒。

遲：緩慢。《詩·豳風·七月》："春日遲遲，采蘩祁祁。" **囀**：鳥聲宛轉。**老休妒**：因年老而不羨妒。

四句寫日間的孤寂與愁苦。用美好之景，反襯出人物愁苦之情。"遲"字、"難"字、"厭"字、"休"字，刻劃出主人公的惡劣心境。"老休妒"，見出她因長年痛苦而麻木，三字深刻地表現了人物的精神狀態。

7　**"鶯歸"四句**：鶯歸燕去，時節轉換，你卻永遠是那樣愁苦；春往秋來，韶光消逝，你也記不清在宮中度過了多少年。唯有在深宮裏，望着那團團明月──它自東而西，循環往復，圓而又缺，已有四五百回了。

悄：憂愁貌。《詩·陳風·月出》："勞心悄兮。" 參看《長恨歌》"夕殿螢飛思悄然"句。

四句寫歲月流逝，愁苦無盡。"望"字，有情，有態。

以上為一段。

8　**"今日"六句**：今日，你是宮中年紀最老的一個，皇帝在遠離上陽宮的地方，賜給你"尚書"的稱號。你腳着小頭鞋，身穿窄衣裳，用青黛把眉畫得又細又長。這副天寶末年的時髦打扮早就過時了。外面的人不見還罷，見了該會發笑。

大家：宮人口語稱皇帝為"大家"。**尚書**：這裏是宮中女官名。**小頭鞋履窄衣裳**：與 "青黛點眉眉細長" 同是天寶末年的打扮。到元和四年，婦女已改穿寬大衣裳，眉也畫得闊而短了。

六句寫她老年的狀況，與首段呼應。"大家" 句，隱含對皇帝的譏刺。"小頭" 四句，描寫她過時的打扮，説明與世隔絕，可笑而又可悲。

9 **"上陽" 五句**：上陽宮人啊，世間算你們最痛苦了。少亦苦，老亦苦 —— 你們這些飽嘗人間痛苦的老老少少，怎麼辦呢？

上陽人：此指多數。**如何**：猶奈何、怎麼辦。

五句由個別現象説到一般情況，集中表現作者的悲憫之情。

10 **"君不" 二句**：往日呂向就強選民女入宮之事獻《美人賦》以示諷諫，我今日寫《上陽白髮人》目的也是一樣。

君不見：古詩常用語，用於引起下文，不表示實在意思。**呂向《美人賦》**：作者原注："天寶末，有密采豔色者，當時號花鳥使。呂向獻《美人賦》以諷。" 呂向，字子回，開元十年召為翰林，兼集賢院校理，卒於天寶初年。獻賦當在開元年間，此乃白氏之誤。

兩句點明作詩宗旨。

以上為一段。

本篇層次清楚，章法謹嚴，敍事、描寫、議論、抒情自然揉合，顯示出白氏在長篇創作方面圓熟的技巧。

新豐折臂翁　戒邊功也

這是《新樂府》第九首。

雲南境內的南詔國，本與唐朝有藩屬關係。天寶年間，南詔白族首領閣羅鳳不堪雲南太守張虔陀欺壓，起兵殺張佔地，朝廷震動。天寶十年（751）四月，劍南節度使鮮于仲通領兵八萬征討，潰於西洱河。十三年六月，楊國忠兼領劍南節度使，派劍南留後李宓統十萬大軍再往討伐，結果李宓被擒，全軍覆沒。楊國忠反向玄宗報捷，並派人分道捕人，連枷送軍。到處親人哭別，其狀極慘。劉灣《雲南曲》詳細地記載了這個歷史慘劇。

本篇通過一個新豐老翁之口，反映了戰爭給人民帶來的痛苦，控訴了邊將黷武邀功的罪惡，表現了作者對當時戰爭的態度。《唐宋詩醇》云：此詩"大意亦本之杜甫《兵車行》、前後《出塞》等篇，借老翁口中說出，便不傷於直遂。促促刺刺，如聞其聲。而窮兵黷武之禍，不待言矣。末又以宋璟、楊國忠比勘，開元、天寶治亂之機，具分於此，前事不忘，後事之師也，可謂詩史。"

新豐老翁八十八，頭鬢眉鬚皆似雪。玄孫扶向店前行，左臂憑肩右臂折。[1] 問翁臂

折來幾年，兼問致折何因緣。[2] 翁云貫屬新
豐縣，生逢聖代無征戰。慣聽梨園歌管聲，
不識旗槍與弓箭。[3] 無何天寶大徵兵，戶有三
丁點一丁。點得驅將何處去？五月萬里雲南
行。[4] 聞道雲南有瀘水，椒花落時瘴煙起。大
軍徒涉水如湯，未戰十人二三死。[5] 村南村
北哭聲哀，兒別爺娘夫別妻。皆云前後征蠻
者，千萬人行無一回。[6] 是時翁年二十四，兵
部牒中有名字。夜深不致使人知，偷將大石
捶折臂。[7] 張弓簸旗俱不堪，從茲始免征雲
南。骨碎筋傷非不苦，且圖揀退歸鄉土。[8] 臂
折來來六十年，一肢雖廢一身全。至今風雨
陰寒夜，直到天明痛不眠。[9] 痛不眠，終不
悔，且喜老身今獨在。不然當時瀘水頭，身
死魂飛骨不收。應作雲南望鄉鬼，萬人塚上
哭呦呦。[10] 老人言，君聽取！君不聞開元宰相
宋開府，不賞邊功防黷武？[11] 又不聞天寶宰
相楊國忠，欲求恩幸立邊功？邊功未立生人
怨，請問新豐折臂翁。[12]

注釋

1 **“新豐”四句**：新豐的老翁八十八歲了。髮鬢眉鬚都像雪一般白。玄孫扶着他向店前走去——他左臂還掛在肩上，右臂已經折斷了。

   新豐：唐縣名。屬京兆府。在今陝西省臨潼縣境。

   八十八：一作“年八十”。**憑**：依託。

   四句為一段，點題，寫老翁年邁折臂，為下文作鋪墊。

2 **“問翁”二句**：我問老翁臂折了多少年，又問他是什麼原因折斷了手臂。

   兩句以兩“問”引出老翁的答話。

3 **“翁云”四句**：老翁説：“我籍貫新豐，生逢聖代，天下太平。我聽慣了梨園的樂曲，不曉得什麼是旗槍與弓箭。”

   貫：籍貫。**聖代**：聖明的朝代。**梨園**：唐玄宗時教授伶人的處所。《新唐書‧禮樂誌》：“明皇既知音律，又酷愛法曲；選坐部伎子弟三百，教於梨園，號皇帝梨園弟子；宮女數百，亦稱梨園弟子。”**管**：管樂。此泛指樂曲。

   四句説早年天下太平，與下文形成對比。

4 **“無何”四句**：過了不久，正是天寶年間，朝廷大舉徵兵，每戶有三個成年男子的，便要徵調一人。把徵得的人趕往哪裏？五月出發到萬里迢迢的雲南去。

   無何：不久。**天寶**：唐玄宗年號。**丁**：古稱能任賦役的成年男子。**點**：指定。

   “無何”，表示時間的承接，引出與上文相反的情況。

189

"三丁點一丁"，申足"大徵兵"。"驅"字，見出官府蠻橫。"雲南行"三字，推出下文四句。

5　**"聞道"四句**：聽説雲南有瀘水，椒花凋落時瘴氣便發生。大軍徒步涉河，河水就像熱水一般滾燙，未投入戰鬥戰士便死去了一半。

　　瀘水：水名。亦名金沙江。長江上游流經雲南省境內部分。**瘴煙**：即瘴氣，舊指南方山林間濕熱鬱蒸使人致病之氣。**湯**：熱水。**"未戰"句**：宋本作"未過十人二三死"。

　　四句寫氣候的惡劣，烘托出戰爭的慘酷。"未戰"句，推出下文四句。

6　**"村南"四句**：出征的兒子，同爹娘告別；參戰的丈夫，與妻子辭行 —— 村南村北，哭聲哀切。人們都説，前後有成千上萬的人到雲南去征討外族，沒有一個活着回來的。

　　蠻：我國古代對南方各族的泛稱。舊時也用以泛指四方的少數民族。

　　前二句寫哭別之哀切，後二句承"聞道"四句，寫征戰之殘酷，説明"哀"的原因。"千萬"句，推出下文四句。

7　**"是時"四句**：這時我正好二十四歲，兵部的公文裏有我的名字。深夜我偷偷地拿起大石，把手臂捶斷了，不敢讓人知道。

　　兵部：中央主管軍事的機關。**牒**：公文。

　　四句側面寫徵兵之緊急、官府的兇惡、百姓之悽慘。

"折臂"二字,推出下文四句。

8　**"張弓"四句**:我張弓搖旗都不行了,從此才避免了出征雲南。骨碎筋傷不是不痛苦啊!姑且圖得個被挑揀退回,重歸鄉土。

　　簸:搖動。張衡《西京賦》:"蕩川瀆,簸林薄。"**不堪**:不能勝任。**茲**:指示代詞。即此、這。**揀退**:被挑揀退回。

9　**"臂折"四句**:臂折至今六十年了,一肢雖殘,卻保住了性命。直到今天,風雨陰寒之夜,斷臂便疼痛難忍,徹夜不眠。

　　來來:唐人口語,相當於"……以來"、"從……到現在"。段成式《戲高侍御》七首之一:"百媚城中一個人,紫羅垂手見精神。青琴仙子常教示,自小來來號阿真。""臂折來來",一作"此臂折來",實是妄改。

　　四句映襯下文的"喜"字。

10　**"痛不"七句**:雖然往往痛得不能入睡,但我始終不後悔,還因直到今天仍活著而感到高興呢!不然,我那時就會在瀘水岸邊身死魂飛,連骨頭都收不回了。我就成了雲南的望鄉鬼,在萬人塚上呦呦地啼哭啊!

　　魂飛:敦煌本作"魂歸";覆宋本作"魂孤"。**萬人塚**:作者原注:"雲南有萬人塚,即鮮于仲通、李密(當作"宓")曾覆軍之所也。"

　　"喜"字,隱含無限的悲憤。

　　以上為一段,通過對話,交代老翁"折臂"的原委,深刻地揭露了當時征戰的罪惡。

11 　 "老人"四句：用心聽着老人的話啊！開元年間的宰相
　　 宋璟，為了防止濫用武力，不獎勵邊功。

　　 聽取：猶言聽着。取，助詞，放在動詞之後，表示行為
　　 正在進行。**君不聞**：古詩常用語，以引起下文。**宋開
　　 府**：指宋璟，開元時官侍中（門下省長官，即宰相），
　　 後官開府儀同三司，唐人稱之為"宋開府"。作者原
　　 注："開元初，突厥數寇邊。時天武軍牙將郝靈筌出
　　 使，因引特勒回鶻部落，斬突厥默啜，獻首於闕下，自
　　 謂有不世之功。時宋璟為相，以天子年少好武，恐徼功
　　 者生心，痛抑其黨（一作"賞"）。逾年，始授郎將。
　　 靈筌遂慟哭嘔血而死也。"**邊功**：在邊境建立的功勳。
　　 黷武：濫用武力。

　　 前二句是上文的總結，後二句讚宋璟不賞邊功，與下文
　　 四句對比。

12 　 "又不"四句：天寶年間的宰相楊國忠，想建立邊功以
　　 求得皇帝的恩寵。邊功未建，反招致人們的怨恨。要了
　　 解當時人們的怨恨情緒，請問新豐折臂翁吧！

　　 楊國忠：作者原注："天寶末，楊國忠為相，重構（一
　　 作"結"）閤羅鳳之役，募人討之，前後發二十餘萬
　　 眾，去無返者。又捉人連枷赴役，天下怨哭，人不聊
　　 生。"**生人**：猶生民，人類。柳宗元《封建論》："生人
　　 果有初乎？吾不得而知也。"

　　 以上為一段，以議論點明主題。

紅線毯　憂蠶桑之費也

　　這是《新樂府》第二十九首。詩題宋本作《紅繡毯》，覆宋單行本改用此題，正文亦作"紅線毯"。紅線毯，絲織地毯的一種，由宣州所轄之織造戶進貢。唐制，全國各地每年要向皇帝進貢一定數量的土特產。地方官為了討好皇帝和從中漁利，往往從數量和質量上巧立名目，百姓不堪其苦。

　　本篇通過對紅線毯有關方面的描寫，鞭撻了宣州太守之流為討好皇帝不顧百姓死活的可恥行徑。揭露最高統治者為了個人荒淫享樂任意浪費人力物力的罪惡，指出每年進貢紅線毯造成的惡果。

　　紅線毯，擇繭繅絲清水煮，揀絲練線紅藍染。染為紅線紅於藍，織作披香殿上毯。[1]披香殿廣十丈餘，紅線織成可殿鋪。彩絲茸茸香拂拂，線軟花虛不勝物；美人踏上歌舞來，羅襪繡鞋隨步沒。[2]太原毯澀毳縷硬，蜀都褥薄錦花冷。不如此毯溫且柔，年年十月來宣州。[3]宣州太守加樣織，自謂為臣能竭力。百夫同擔進宮中，線厚絲多卷不得。[4]宣州太守知不知？一丈毯，千兩絲！地不知寒人要暖，少奪人衣作地衣！[5]

注釋

1　**"紅線"五句**：紅線毯的織造過程是這樣的：選取上好的蠶繭，放在清水裏煮後抽成絲縷，再挑選優質的絲紡成線，把線煮得柔軟潔白，然後用紅藍花提煉的顏料染紅。染成的絲線，比紅藍花還要紅，用它織成披香殿上的毯。

　　繰：同"繅"，將蠶繭抽為絲縷。**揀**：挑選。**練**：把絲麻或布帛煮得柔軟潔白。《周禮·天官·染人》："凡染，春暴（曝曬）練。"鄭玄注："暴練，練其素而曝之。"**紅藍**：即紅藍花。葉箭鏃形，有鋸齒狀，夏季開紅藍色花，可製胭脂和紅色顏料。**紅於藍**：比紅藍花還要紅。**披香殿**：漢代殿名。漢成帝后趙飛燕歌舞於此。此借指唐宮廷歌舞之所。

　　五句為一段，寫紅線毯的織造過程。

2　**"披香"六句**：披香殿有十多丈寬，織成的紅線毯剛好能鋪滿殿。它彩絲茸茸香噴噴，線軟花虛，承受不起重物；美人踩在上面歌舞時，羅襪繡鞋隨即陷沒。

　　可：適合。指尺寸恰好。**不勝**：承受不起。**羅襪**：絲襪。羅，古絲織物名。

　　六句寫紅線毯的大小、色彩、氣味、質地和用場。

3　**"太原"四句**：太原產的毛毯毛澀縷硬，四川織的錦花褥又薄又冷，都不如這種絲毯——它又溫又軟，每年十月從宣州貢來。

　　毳：鳥獸的細毛。

　　前三句拿紅線毯與太原毯、錦花褥對比，進一步寫它的質地；後一句寫進貢的時間、地點，引出下文各句。

以上為一段，突出統治者的奢侈浪費。

4　　"宣州"四句：宣州太守用新的圖樣責令加工精織，自稱做臣子的能為皇帝盡心竭力。上百工人把紅線毯挑進宮中，它太厚了，捲也捲不起來。

　　加樣：詩人原注："貞元中，宣州進開樣加絲毯。""開樣"即"加樣"，是翻新花樣的意思。**線厚絲多**：意謂絲毯厚。

　　四句為一段，寫宣州太守為討好皇帝，不惜加重百姓負擔。

5　　"宣州"五句：宣州太守知不知道？千兩絲才能織成一丈毯啊！地不曉得寒冷，人卻需要溫暖——還是少奪人衣作地衣吧！

　　"一丈毯，千兩絲"：汪立名本作"一丈毯用千兩絲"。**地衣**：即地毯。

　　五句為一段，斥責宣州太守之流的貪官污吏，並指出進貢紅線毯給百姓帶來的痛苦。

　　映襯，是本篇突出的表現手法：寫紅線毯的織造過程和它的特點，映襯皇帝的荒淫奢侈；寫進貢紅線毯給百姓帶來的痛苦，映襯宣州太守之流的可恥行徑。

杜陵叟 傷農夫之困也

這是《新樂府》第三十篇。杜陵，漢宣帝葬所，在長安東南郊。此泛指這一帶地區。叟，老頭。

元和四年（809），長江流域災情嚴重，李絳、白居易奏請免稅。憲宗雖名義上頒佈了免稅令，並遣使宣慰豁免，但貪官污吏陽奉陰違，照樣"急斂暴徵"，災民得不到絲毫實惠。

這首詩，通過杜陵老人的遭遇，反映災民的苦況，痛斥貪官污吏"虐人害物"的暴行，表現詩人對被剝削被壓迫者的悲憫。

杜陵叟，杜陵居，歲種薄田一頃餘。[1]三月無雨旱風起，麥苗不秀多黃死。九月降霜秋早寒，禾穗未熟皆青乾。[2]長吏明知不申破，急斂暴徵求考課。典桑賣地納官租，明年衣食將何如？[3]剝我身上帛，奪我口中粟。虐人害物即豺狼，何必鈎爪鋸牙食人肉！[4]不知何人奏皇帝，帝心惻隱知人弊。白麻紙上書德音，京畿盡放今年稅。[5]昨日里胥方到門，手持敕牒牓鄉村。十家租稅九家畢，虛受吾君蠲免恩！[6]

注釋

1　**"杜陵"三句**：杜陵老人，住在杜陵，每年耕種薄田一頃多。

　　薄田：貧瘠的田。

　　三句點題，交代杜陵老人的身份。

2　**"三月"四句**：三月沒有下雨又颳起了旱風，麥苗還沒有開花，大部分黃死了。九月降霜，秋季寒凍，禾穗還未成熟就都青青地乾死了。

　　秀：動詞。禾類植物吐穗開花。

　　四句寫災情，為下文作鋪墊。

　　以上為一段。

3　**"長吏"四句**：地方官吏明知災情嚴重，卻不申報事情的真相，為完成徵稅任務，急斂暴徵，以求取考績。為了繳納官租，他只得典桑賣地，明年的衣食要怎麼辦？

　　長吏：指地方官吏。**不申破**：不申報事情的真相。**考課**：封建時代立標準以考核官吏，根據功過決定升降，謂之"考課"。

　　四句寫地方官吏"急斂暴徵"，杜陵老人"典桑賣地"。

4　**"剝我"四句**：他們剝下我身上的衣裳，奪去我口中的糧食。害人害物的就是豺狼，何必一定要長着鈎一般的爪、鋸一般的牙吃人肉！

　　帛：絲織物的總稱。此代指衣着。**粟**：糧食之一種。此

197

代指糧食。

四句痛斥貪官污吏。以"豺狼"作比，加上"剝"字、"奪"字，寫出"長吏"的兇殘。

以上為一段。

5　　"不知"四句：不知是誰把災情上奏皇帝，皇帝了解百姓的困苦，便動了惻隱之心。白麻公文紙上寫着免稅的好消息，京畿地區全部免收今年的賦稅。

弊：有勞苦窮困之義。**白麻紙**：唐代有關任命將相、赦免罪犯、豁免賦稅等重要詔令，都寫在白色麻製的紙上；一般的詔令，則用黃麻紙寫。**書**：動詞，寫。**德音**：指皇帝免收賦稅的好消息。

京畿：指京城周圍四十餘縣的地區。

四句寫皇帝頒下免賦稅的詔令。

6　　"昨日"四句：昨日里正才到家門，他手上拿着皇帝免收賦稅的公文，在鄉村張貼。這時候十家有九家都繳完了賦稅，農民只是形式上受了我們皇上的恩惠，實在沒有得到任何好處啊！

里胥：即里正。據《唐六典》：唐制百戶為里，設里正，掌管督察及"課植農桑，催驅賦役"等事。**敕牒**：指免賦稅的公文。一作"尺牒"。**榜**：動詞。張貼、揭示。**蠲**：免除。

四句寫由於地方官吏"急斂暴徵"，農民得不到免稅的實惠。

以上為一段。

繚綾 念女工之勞也

　　這是《新樂府》第三十一篇，主題與《紅線毯》相彷彿。繚綾，高級絲織物之一種，產於越溪，織造極費工力。

　　本篇描寫細膩，對比鮮明，主題突出，記敘、描寫、議論自然揉合。

　　繚綾繚綾何所似？不似羅綃與紈綺。應似天臺山上明月前，四十五尺瀑布泉。[1] 中有文章又奇絕，地鋪白煙花簇雪。織者何人衣者誰？越溪寒女漢宮姬。[2] 去年中使宣口敕，天上取樣人間織。織為雲外秋雁行，染作江南春水色。[3] 廣裁衫袖長製裙，金斗熨波刀剪紋。異彩奇文相隱映，轉側看花花不定。[4] 昭陽舞人恩正深，春衣一對直千金；汗霑粉污不再著，曳土踏泥無惜心。[5] 繚綾織成費工績，莫比尋常繒與帛。絲細繰多女手疼，扎扎千聲不盈尺。昭陽殿裏歌舞人，若見織時應也惜！[6]

注釋

1 **"繚綾"四句**：繚綾啊，繚綾似什麼？不似羅綃，也不似紈綺；一匹四十五尺長的繚綾，質地潔白，光彩流動，該似天臺山上明月下的瀑布吧！

何所似：似什麼。**羅、綃、紈、綺**：羅，織紋稀疏的絲織物。綃，生絲綢。紈，細絹。綺，有花紋的綢。四者皆是絲織物。**天臺山**：在今浙江省天臺縣北。《太平寰宇記・天臺縣》："瀑布山，亦天臺之別岫也。西南瀑布懸流，千丈飛瀉，遠望如布。"**四十五尺**：指一匹綾的長度，非指瀑布。

2 **"中有"四句**：上面有奇異絕妙的花紋，底子上的花紋如白煙鋪展，雪花簇聚。織的是何人，穿的是誰？織的是越溪貧寒的女子，穿的是漢宮裏的美人兒。

文章：指繚綾的花紋。一作"彣彰"，彩繪之意。**地**：底子。**花簇雪**：花紋如雪花簇聚。**衣**：動詞。穿衣。**越溪**：在今浙江省紹興縣南。相傳西施在此浣紗。**漢宮**：借指唐宮。

以上為一段，寫繚綾的質地、花紋，為下文進一步敘述和描寫作準備。

3 **"去年"四句**：去年宮中的使者，宣佈皇帝的口頭命令，由宮廷取樣，交給民間織造。要織成雲外秋雁的行列，要染作江南春水的顏色。

中使：宮中派出的使者。即太監。**宣口敕**：宣佈皇帝的口頭命令。**天上**：喻皇宮。**樣**：花樣。**人間**：民間。與"天上"相對。**行**：行列。

"去年"句，統領後三句，突出皇帝對繚綾要求之苛刻。

4 **"廣裁"四句**：幅闊正夠連袖子一起裁，幅長剛好夠製裙子；用鑲金的熨斗熨平皺紋，用剪刀按照衣裙式樣規定要剪的紋路裁剪。奇異的紋彩時隱時現，閃爍不定；轉看、側看時，花紋變化不一。

廣、長：幅闊和幅長。**金斗**：鑲金的精美熨斗。**波**：指繚綾的皺紋。**紋**：指規定要剪的紋路。**相隱映**：紋彩在光線照射下時隱時現，閃爍不定。

5 **"昭陽"四句**：昭陽殿裏的美人，正深受皇帝的恩寵。春衣一對，價值千金，汗粉霑污了，就不再穿着；在土裏拖泥裏踩，沒一點兒愛惜。

昭陽：漢宮殿名。借指唐宮殿。**舞人**：指趙飛燕。借指唐宮中美人。**直**：同"值"。

以上為一段。對比強烈，在客觀描述當中，寓作者憤憤之情。

6 **"繚綾"六句**：織成一匹繚綾，要花許多功夫，它不比尋常的繒和帛。織女年年月月地繰絲，手也繰疼了；扎扎的機聲響過千遍，也織不滿一尺。昭陽殿裏的美人啊，要是見到織造的艱辛，也該愛惜吧！

繒與帛：二者都是絲綢的名稱。**扎扎**：織機聲。**盈**：滿。

六句為一段，寫織女之勞苦，譴責宮廷之奢侈浪費。

賣炭翁 苦宮市也

這是《新樂府》第三十二篇。

自唐德宗貞元末年起,宮中日用所需,不再經官府承辦,由太監直接向民間"採購",謂之"宮市"。太監常率爪牙巡邏市上,見適用的東西便強搶硬奪,韓愈《順宗實錄》云:"名為宮市,而實奪之。"百姓深受其害。

本篇敘述一個賣炭老人的遭遇,揭露宮市的罪惡,表現作者對受害者的憐憫之情。這首詩條理清楚,描寫生動。

賣炭翁,伐薪燒炭南山中。滿面塵灰煙火色,兩鬢蒼蒼十指黑。賣炭得錢何所營?身上衣裳口中食。[1] 可憐身上衣正單,心憂炭賤願天寒。夜來城上一尺雪,曉駕炭車輾冰轍。牛困人飢日已高,市南門外泥中歇。[2] 翩翩兩騎來是誰?黃衣使者白衫兒。手把文書口稱敕,迴車叱牛牽向北。[3] 一車炭,千餘斤,宮使驅將惜不得。半疋紅紗一丈綾,繫向牛頭充炭直。[4]

注釋

1 **"賣炭"六句**：賣炭老人在南山砍柴燒炭。他面上滿是
   塵灰，被煙火燻得黑黑的，兩鬢灰白，十個指頭都弄黑
   了。賣炭得錢做什麼用？用來買穿的和吃的。

   蒼蒼：灰白。**何所營**：做什麼用。

   六句為一段，寫賣炭老人為謀求衣食，砍柴燒炭，歷盡
   艱辛。前二句正面寫，中二句側面寫，四句生動形象地
   寫出他"伐薪燒炭"之苦；後二句指出炭是他衣食之所
   繫，在全詩佔重要位置。

2 **"可憐"六句**：他擔心炭價低賤，雖然身上正衣衫單
   薄，卻寧願天氣寒冷，實在可憐啊！夜裏城頭上積了一
   尺厚的雪，天一亮他就駕着炭車在冰雪覆蓋的道上趕
   路。牛也困了，人也餓了，太陽已高高地升起，他再也
   走不動便在市南門外泥濘的道上歇息。

   六句為一段，寫賣炭老人雪中駕車往市的苦況。前二句
   緊承"身上"句，寫他衣單願寒這種反常的心理，突出
   炭與他生死攸關，為下文張本。

   上面兩段，反襯第三段。

3 **"翩翩"四句**：兩個騎着馬翩翩而來的人是誰？是"黃
   衣使者"、"白衫兒"。他們手上拿着文書，口稱皇帝有
   命令；他們吆喝着牽牛，把炭車轉向北邊。

   騎：名詞。坐騎。**黃衣使者**：指太監。**白衫兒**：借代太
   監的爪牙。**迴車**：掉轉車子。**牽向北**：唐宮在長安城
   北，市在城南，故云。

   四句寫太監及其爪牙奪炭的情景。"翩翩"、"把"字、

203

"稱"字，"迴"字、"叱"字、"牽"字、"驅"字，生動地刻畫出太監一夥不可一世、蠻不講理的面孔。

4　**"一車"五句：**一車炭，千餘斤，太監把車趕走了，賣炭老人惋惜也沒有用啊！他們把半匹紅紗和一丈綾繫在牛頭上，就算充當炭的價值了。

宮使：指太監。**驅將：**將，語助詞。**惜不得：**惋惜也沒有用。

五句承前，仍寫奪炭的情景，同時表現作者憤慨之情。以上為一段。

鹽商婦　惡幸人也

這是《新樂府》第三十八首。惡，憎恨。幸人，遊惰之人，即幸民。唐人避太宗李世民諱，以"民"為"人"。

唐代中葉以後，鹽商政治上享有特權，與鹽官上下串通，任意抬高鹽價。百姓往往因買不起鹽而淡食。鹽商卻把從百姓身上剝奪來的錢財，任意揮霍，過着窮奢極欲的生活。白居易《議鹽法之弊，論鹽商之幸》云："臣又見自關以東，上農大賈，易其資產，入為鹽商。率皆多藏私財，別營稗販，少出官利，唯求隸名。居無征徭，行無榷稅，身則庇於鹽籍，利盡入於私室。此乃下有耗於農商，上無益於笐榷（管理、稅收）明矣……若上不歸於人，次又不歸於國，使幸人奸黨得以自資，此乃政之疵、國之蠹也。"

這首詩，寫鹽商婦鮮衣美食的寄生生活，從側面揭露了鹽商生活的豪奢，諷刺了鹽政主管人縱容邪惡、助長弊端的做法，實際上提出了任用能人、改革鹽法、淘汰鹽商的主張。

鹽商婦，多金帛，不事田農與蠶績。南北東西不失家，風水為鄉船作宅。[1] 本是揚州小家女，嫁得西江大商客。綠鬟富去金釵多，皓腕肥來銀釧窄。[2] 前呼蒼頭後叱婢，問爾因何得如此？婿作鹽商十五年，不屬州縣屬天子。[3] 每年鹽利入官時，少入官家多入私。官家利薄私家厚，鹽鐵尚書遠不知。[4] 何況江頭魚米賤，紅鱠黃橙香稻飯。飽食濃妝倚柁樓，兩朵紅腮花欲綻。[5] 鹽商婦，有幸嫁鹽商。終朝美飲食，終歲好衣裳。[6] 好衣美食有來處，亦須慚愧桑弘羊。桑弘羊，死已久，不獨漢時今亦有！[7]

注釋

1 **"鹽商"五句**：鹽商婦，多的是錢和帛。你不從事耕種，也不養蠶、紡織。南北東西，處處是你的家，有風有水的地方，就是你的故鄉，船作你的住宅。

績：同"織"。

五句總寫鹽商婦的生活。"多金帛"與"不事田農與蠶績"兩相對照，突出她寄生的本質。

2 **"本是"四句**：你本是揚州小戶人家的女兒，嫁得個西江大商客。人富了，髮髻上的金釵也多了；潔白的手腕肥大了，銀手鐲便顯得緊窄。

揚州：今江蘇省揚州市，當時鹽的重要集散地，設有鹽鐵巡院，管理鹽政。**小家**：小戶人家。語出《漢書‧霍光傳》："使樂成小家子得幸將軍。"在封建社會裏，除貴族、官僚、大地主以外，其餘人家，都稱為"小家"。**西江**：指長江中下游南部的安徽、江西等地。**綠鬢**：年少女子黑色的鬢髮。黑色有光澤者，似濃綠，故云。**富去**：猶言富了。去，與下句的"來"字，同是語助詞，相當於"了"。**皓**：潔白。**釧**：手鐲。

四句寫鹽商婦的籍貫、出身、夫婿及其飾物，突出她因鹽商而富。

以上為一段。

3 **"前呼"四句**：你一會兒呼喝奴僕，一會兒怒叱婢女。鹽商婦啊，問你為什麼能這樣闊？你夫婿做了十五年鹽商，他的戶籍不屬州縣，直屬中央。

蒼頭：奴僕。《漢書‧鮑宣傳》："蒼頭廬兒，皆用致富。”顏師古注引孟康云：“黎民黔首，黎黔皆黑也……漢名奴為蒼頭，非純黑，以別於良人也。”後以“蒼頭”為奴僕之通稱。

前一句承前寫鹽商婦的威福，後二句以設問寫鹽商的權勢。“問爾”句，引出下文六句。

4 **“每年”四句**：每年鹽利入官府的時候，入官府的少，入私家腰包的多。公家得利少了，私家得利就多，鹽鐵尚書遠離地方，高高在上，他是不了解情況的。

鹽鐵尚書：據《唐會要》卷八十八載，乾元元年（758），尚書省下設鹽鐵使，管鹽鐵稅收，多由尚書僕射、刑部尚書、戶部尚書兼任。

四句寫鹽商憑藉權勢、損公肥私的情況。“鹽鐵”句，暗示鹽政之弊，為結尾的諷刺埋下伏筆。

5 **“何況”四句**：更何況長江兩岸，魚價都很低賤，那裏有的是鮮紅的魚膾、金黃的橙子和香噴噴的稻米飯。你飽食終日，無所事事，盛妝打扮，倚在舵樓上觀賞風景，消磨時光。你那紅艷艷的腮幫，就像兩朵欲綻的鮮花。

膾：細切的魚肉。特指生食的魚片。**濃妝**：盛妝；濃艷的妝飾。**柂樓**：大船尾部安舵處的樓。柂，同“舵”。

四句承第一段，寫鹽商婦飽食終日、無所事事的生活。“何況”句，承上啟下。

以上為一段。

6 **“鹽商”四句**：鹽商婦啊，你有幸嫁了個鹽商；你從早到晚吃的是美味的飯食，一年到頭穿的是上好的衣裳。

四句是上面兩段的總結、下文諷刺的發端。

7　**"好衣"五句**：你上好的衣裳、美味的飯食從哪裏來？我們的鹽鐵使也該有愧於桑弘羊吧？桑弘羊早就死去了，但像他那樣善於理財的人，不獨漢朝有，現在也有啊！

　　桑弘羊：漢武帝時洛陽商人之子，領大農丞，管天下鹽鐵。他作平準法，採取由國家直接掌管物資、市價的辦法，廢止富商大賈的中間剝削，既增加了國家收入，也減輕了人民負擔。

　　以上為一段。

琵琶行 並序

　　元和十年，予左遷九江郡司馬。明年秋，送客湓浦口。聞舟中夜彈琵琶者，聽其音，錚錚然有京都（邑）聲。問其人，本長安倡女。嘗學琵琶於穆、曹二善才，年長色衰，委身為賈人婦。遂命酒，使快彈數曲。曲罷憫然。自敘少小時歡樂事，今漂淪憔悴，轉徙於江湖間。予出官二年，恬然自安，感斯人言，是夕始覺有遷謫意。因為長句，歌以贈之，凡六百一十六言，命曰《琵琶行》。

　　左遷：即貶官。古人論等次以右為尊。九江郡：隋代郡名。治所在今江西省九江市，唐時叫江州或潯陽郡。司馬：原為州刺史屬下處理一州事務的副職。唐代的司馬多以處置貶謫的京官，實際上是個閒職。作者《江州司馬廳記》："自武德（唐高祖年號）以來，庶官以便宜制事，大攝小，重侵輕：郡守之職，總於諸侯帥；郡佐之職，移於部從事。故自五大都督府至於上、中、下郡司馬之事盡去，唯員與俸在。”
溢浦口：在今九江西溢水入江處，也叫溢口。有京都
聲：猶言聲有京城琵琶的韻致。善才：唐人對琵琶藝
人或曲師的泛稱。穆、曹二人為當時的琵琶名手。委
身：託身於他人。封建社會婦女依附男子，故謂出嫁
為“委身”。賈人：商人。命酒：令設酒席。憫然：
神情憂傷的樣子。一作“憫默”，內心憂悶而不即吐
露。漂淪：漂泊淪落。恬然：心境平靜的樣子。凡：
總共。

　　本篇作於元和十一年秋，時作者貶江州。詩題原
作《琵琶引》，此依序文為題。“引”和“行”都是歌
曲名。

　　據說樂天去世，宣宗作詩以弔之，詩云：“童子
解吟長恨曲，胡兒能唱琵琶篇。”可知《琵琶行》在
當時已流播中外。《唐宋詩醇》拿它與杜甫《觀公孫
大娘弟子舞劍器行》相提並論。其實，就兩詩的藝術
高度而言，白詩勝於杜詩。

　　這首詩記潯陽舟中琵琶女彈奏琵琶和她的淒涼身
世，聯繫作者政治上的遭遇，抒發了“天涯淪落”之
恨。此詩辭章華美，格調悽惋，寄慨深遙；寫彈奏琵
琶一段，如泣如訴，有聲有情，堪稱絕調。

　　潯陽江頭夜送客，楓葉荻花秋索索。
　　主人下馬客在船，舉酒欲飲無管弦。[1]

醉不成歡慘將別，別時茫茫江浸月。

忽聞水上琵琶聲，主人忘歸客不發。[2]

尋聲暗問彈者誰，琵琶聲停欲語遲。

移船相近邀相見，添酒回燈重開宴。[3]

千呼萬喚始出來，猶抱琵琶半遮面。

轉軸撥弦三兩聲，未成曲調先有情。[4]

弦弦掩抑聲聲思，似訴平生不得意。

低眉信手續續彈，說盡心中無限事。[5]

輕攏慢撚抹復挑，初為《霓裳》後《六幺》。

大弦嘈嘈如急雨，小弦切切如私語。[6]

嘈嘈切切錯雜彈，大珠小珠落玉盤。

間關鶯語花底滑，幽咽泉流冰下難。[7]

冰泉冷澀弦疑絕，疑絕不通聲暫歇。

別有幽愁暗恨生，此時無聲勝有聲。[8]

銀瓶乍破水漿迸，鐵騎突出刀槍鳴。

曲終收撥當心畫，四弦一聲如裂帛。[9]

東船西舫悄無言，唯見江心秋月白。[10]

沉吟放撥插弦中，整頓衣裳起斂容。

自言本是京城女，家在蝦蟆陵下住。[11]

十三學得琵琶成，名屬教坊第一部。

曲罷曾教善才伏，妝成每被秋娘妒。[12]

五陵年少爭纏頭，一曲紅綃不知數。

鈿頭雲篦擊節碎，血色羅裙翻酒污。

今年歡笑復明年，秋月春風等閒度。[13]

弟走從軍阿姨死，暮去朝來顏色故。

門前冷落鞍馬稀，老大嫁作商人婦。[14]

商人重利輕別離，前月浮梁買茶去。

去來江口守空船，繞船月明江水寒。

夜深忽夢少年事，夢啼妝淚紅闌干。[15]

我聞琵琶已歎息，又聞此語重唧唧。

同是天涯淪落人，相逢何必曾相識。[16]

我從去年辭帝京，謫居臥病潯陽城。

潯陽地僻無音樂，終歲不聞絲竹聲。[17]

住近湓江地低濕，黃蘆苦竹繞宅生。

其間旦暮聞何物？杜鵑啼血猿哀鳴。[18]

春江花朝秋月夜，往往取酒還獨傾。

豈無山歌與村笛？嘔啞嘲哳難為聽。[19]

今夜聞君琵琶語，如聽仙樂耳暫明。

莫辭更坐彈一曲，為君翻作《琵琶行》。[20]

感我此言良久立，卻坐促弦弦轉急。

淒淒不似向前聲，滿座重聞皆掩泣。

座中泣下誰最多？江州司馬青衫濕。[21]

注釋

1　**"潯陽"四句**：晚上，在潯陽江邊送客，楓葉、荻花在秋風中索索作響。下馬時，客人已坐在船上。我們正要舉杯飲酒，可惜沒有人奏樂解悶。

　　潯陽江：即流經潯陽境內的長江。**索索**：象聲詞。秋風吹動楓樹、蘆荻的聲音。江總《貞女峽賦》："樹索索而搖枝。"**一作"瑟瑟"**，義同。明楊慎《升庵全集》卷五十七："瑟瑟本是寶名，其色碧。此句言楓葉赤、荻花白、秋色碧也。"此説不獨牽強，而且使這句所渲染的氣氛，與全詩情調不統一。**主人**：作者自稱。

　　四句以送客為楔子，開啟全篇。前二句交代地點、時間，描寫環境氣氛，為下文作準備。"欲飲無管弦"，引出下文的"琵琶聲"。

2　**"醉不"四句**：醉酒也不能轉愁為歡，我們因將別而情懷悽慘。分手的時候，只見茫茫的江水浸着一輪慘白的月影。忽然聽見水上響起了琵琶聲，我忘了回家，客人也不啟行了。

　　前二句寫別時愁緒；後二句寫琵琶聲起，暗示它不同凡響。

3　**"尋聲"四句**：我們尋着那琵琶聲，暗暗地打聽彈奏的人是誰。琵琶聲停了，她想説話又遲疑。我們把船移近，邀請她出來相見，把燈撥亮，再擺開酒宴。

　　語：動詞。説話。**遲**：遲疑。**回燈**：使燈由暗而亮。一説即移燈。**重**：再。

　　四句由聲而人，引出"彈者"。

4 "千呼"四句:她千呼萬喚才走出來,還抱着琵琶半遮着面。她擰幾下琵琶的軸,撥幾下琵琶的弦,試彈了三兩聲,未成曲調就先流露出內心的感情。

軸:弦樂器用以絞弦的柱。

四句寫琵琶女出來及試彈的情景。前二句寫她的情態,呼之欲出。"有情"二字,領起下文四句。

5 "弦弦"四句:每一根弦都表現出幽怨的情調,一聲聲聽起來有無窮的愁思,像訴說她平生的不幸遭遇。她低眉信手接續彈下去,訴說盡無限的心事。"不得意"一作"不得志"。

掩抑:掩藏、遏抑。即琵琶聲所表現出來的幽怨情調。參看作者《新樂府·五弦彈》:"第五弦聲最掩抑,隴水凍咽流不得。"思:名詞。情思。

四句承前寫她正式開始彈奏時的情態及琵琶聲所表現的情調。信手彈來,似乎漫不經心,卻表現出無限的心事,足見她技藝嫻熟,愁思滿腔。四句有動作,有神態,有聲音,有情感,寫得含蓄有致。

6 "輕攏"四句:左手的指頭輕輕地推,慢慢地撚;右手的指頭又是彈,又是挑——先彈奏《霓裳》,後彈奏《六幺》。粗弦喧響沉雄,如急雨陣陣;細弦細切輕幽,似竊竊私語。

攏、撚、抹、挑:攏,亦作"籠",左手手指按弦向裏扣掠,即所謂"扣弦"法;撚,左手手指按弦撚動,後也稱為"吟"和"揉";抹,順手下撥;挑,反手回撥。攏和撚是左手指法,抹和挑是右手指法。《霓裳》:即

《霓裳羽衣曲》。詳見《長恨歌》注。《六幺》：舞曲名。
又名《樂世》、《綠腰》、《錄要》。白氏《聽歌六絕句·
樂世》：“管急弦繁拍漸稠，《綠腰》宛轉曲終頭。”元
稹《琵琶歌》：“曲名《無限》知音鮮，《霓裳羽衣》偏
宛轉；《涼州》大遍最豪嘈，《六幺》散序多籠撚。”**大
弦**：指最粗的弦。琵琶共四弦（也有五弦的），一根比
一根細。**小弦**：指最細的弦。**嘈嘈**：形容聲音喧囂沉
雄。**切切**：形容聲音細切輕幽。劉禹錫《曹剛》詩詠彈
琵琶：“大弦嘈嘈小弦清。”意近此。作者《五弦》詩：
“大聲麤（粗）若散，颯颯風和雨；小聲細欲絕，切切
鬼神語。”可以參讀。

四句寫彈奏的指法、所奏的樂曲和聲響。

7　**“嘈嘈”四句**：各種高低粗細的聲響交錯地奏出，如大
珠小珠瀉在玉盤上。弦聲時而宛轉流滑，如花下鶯語，
時而遏塞不暢，似冰下泉流。

　　大珠小珠落玉盤：比喻聲音之流滑、聯貫。**間關**：形容
鶯語流滑。**幽咽**：遏塞不暢的樣子。

　　首句總寫，後三句比喻各種不同的聲響。

　　第四句一作“幽咽泉流水下灘”。段玉裁《經韻樓文集》
卷八《與阮芸臺書》：“‘泉流水下灘’不成語，且何以
與上句屬對？昔年曾謂當作‘泉流冰下灘’……鶯語花
底，泉流冰下，形容澀滑二境，可謂工絕。”

8　**“冰泉”四句**：有如結冰的泉水那樣幽凄滯澀，彷彿弦
綫突然斷了，弦聲頓時停歇。另有一種幽愁暗恨透露出
來——這時真是無聲勝有聲啊！

疑：一作“凝”，意為凝滯塞澀。

四句寫弦由宛轉流滑忽而咽澀凝歇，表現琵琶女的“幽愁暗恨”。

9 **“銀瓶”四句**：一下子爆發出清脆的強音，如銀瓶乍破、水漿濺射；接着弦聲又變得鏗鏘雄壯，像鐵騎突然殺出，刀槍交鳴。樂曲結束了，她收起撥子，在琵琶中部一劃，四弦齊鳴，發出如裂帛的一聲音響。

鐵騎：強悍的騎兵。

前二句寫弦聲稍為停頓之後，突然又進入高潮。這時彈奏者的“愁”和“恨”，由暫時的遏抑一下子迸發出來。兩句以“銀瓶乍破水漿迸”比喻突然而來的清脆強音，以“鐵騎突出刀槍鳴”比喻鏗鏘雄壯的音響，把難以捉摸的弦聲寫得具體生動。後二句寫樂曲到達高潮之時，又戛然而止。

10 **“東船”二句**：這時東邊和西邊的船都靜悄悄的，沒有人說話，只見江心浸着一輪慘白的秋月。

舫：船。

兩句以寫景收束，並與開頭呼應。樂曲終止了，而聽者仍然沉浸在它的氣氛旋律之中，回味着她非凡的彈奏技巧。這時彈者、聽者、環境融為一體，在寂靜之中達到高度的統一與和諧。

以上為一段，記會見琵琶女的情景，描寫琵琶曲調之美。

11 **“沉吟”四句**：她把撥子插在弦中沉吟片刻，然後整理一下衣裳站起來，神情變得嚴肅矜持。她說：“我本是京城人家的閨女，家住蝦蟆陵下。」

沉吟：沉思低吟，亦有猶疑之義。**斂容**：謂神情變得嚴肅矜持。**蝦蟆陵**：即漢董仲舒墓。在長安東南（今陝西省長安縣）曲江附近。是當時的遊覽勝地。據《國史補》：其地本名下馬陵，因"下馬"與"蝦蟆"音諧，習語戲呼為"蝦蟆陵"。

前二句承接上文，後二句寫琵琶女的籍貫。

12 **"十三"四句**："十三歲就學會了琵琶的技藝，名字隸屬於教坊的第一部。一曲奏罷，曾叫善才歎服；妝扮之後，往往連秋娘也有點妒忌。」

教坊：唐代教歌舞技藝的國家機關。玄宗開元年間，設內教坊於蓬萊宮附近。又在京城延政坊、光宅坊分別設左、右教坊以教俗樂。詩中所寫琵琶女當屬宮禁之外的左、右教坊。第一部，即第一隊，是演奏隊的最優秀部分。**教**：使得，讓。**秋娘**：唐代京城著名倡女。作者《和樂九與呂二同宿話舊感贈》詩："聞道秋娘猶且在，至今時復問微之。"元稹《贈呂三校書》詩："竟添錢貫定秋娘。"

四句寫琵琶女年輕時藝高貌美，為下文六句作鋪墊。

13 **"五陵"六句**：富貴人家的公子哥兒爭着贈送纏頭，演奏一曲琵琶，得到的紅綃不計其數。他們用鈿頭雲篦給我打節拍，把這些貴重的髮飾敲碎了。我跟他們飲宴調笑，打翻了酒把紅色的羅裙弄污。歡笑中過了一年又一年，把許許多多良辰美景虛度。

五陵年少：長陵、安陵、陽陵、茂陵、平陵是漢代五個皇帝的陵墓，後成為貴族聚居之地，貴家子弟便稱為"五陵年少"。**纏頭**：當時以羅錦之類贈送給倡女謂之"纏頭"。**綃**：輕細的薄綢或薄紗。**鈿頭雲篦**：鑲嵌着花鈿的髮篦（密齒髮梳）。"雲"一作"銀"。**擊節**：打節拍。六句寫琵琶女年輕時的得意生活，與下文十句形成對比。

14 **"弟走"四句**：弟弟從軍，阿姨也死了，時光流逝，容顏也慢慢衰老。來訪的人越來越少，門前變得冷冷落落。年紀大了便嫁了個商人。"鞍馬"一作"車馬"。
顏色故：容顏衰老。
四句寫琵琶女年老色衰時的遭遇。

15 **"商人"六句**：商人看重利益，輕於離別，前月離家到浮梁買茶去了。他走後，我便在江口守着這空船——仰望繞船明月，靜聽寒江泪泪，更感到淒涼、孤單。深夜裏忽然夢見少年時的事，便在夢中啼哭，哭得滿臉都是混和着脂粉的淚水。
浮梁：古縣名，唐屬饒州，在今江西省景德鎮市，是當時著名的茶葉集散地。**去來**：離開以後。**夢啼**：在夢中啼哭。**妝淚**：混和着脂粉的淚水。**紅**：指胭脂色。形容妝淚。**闌干**：淚流縱橫的樣子。
六句寫丈夫外出後獨守空船的悽苦。
以上為一段，寫琵琶女的身世。

16 **"我聞"四句**：我聽她彈奏琵琶先已歎息，現在聽到這一番話，又歎息不已。我們同是天涯淪落人，有一樣的遭遇、一樣的心情，今日相見就像故人相逢，何必一定要從前就相識？

重：重新；重又。**唧唧**：歎息聲。**淪落**：沉淪流落。

四句引出作者自己的身世之歎。"我聞"句承首段，"又聞"句承二段，"同是"二句領起本段。"天涯淪落"，是全詩的主題。

17 **"我從"四句**：我從去年辭別京城，謫居潯陽，又生了病。潯陽地方偏僻，終年聽不見樂聲。

謫居：貶謫居處。**絲竹**：弦樂器和管樂器。此泛言樂器。

前二句敘寫自己的不幸遭遇；後二句寫潯陽偏僻，與前二句互為映襯。

18 **"住近"四句**：住處靠近湓江，地勢低窪，氣候潮濕，黃蘆、苦竹繞着住宅生長。這裏從早到晚能聽到什麼？杜鵑和猿猴哀婉的啼鳴。

四句描寫住地環境，突出一個"僻"字，仍然表現"天涯淪落"之恨。

19 **"春江"四句**：春季花開之時，秋天月明之夜，往往取酒獨酌。難道沒有山歌與村笛？它們聲音噪雜，難以入耳。

"春江"句：是"春江花朝，秋江月夜"的省語。**嘔啞嘲哳**：形容噪雜之聲。

前二句寫出自己的孤獨；後二句以山歌、村笛噪雜襯托"琵琶語"，推出下文四句。

20 **"今夜"四句**：今晚聽到您所彈奏的琵琶聲，就像聽到仙樂一般，耳朵突然舒暢起來。請不要推辭，坐下來為我再彈一曲吧，我要為您寫一篇《琵琶行》。

琵琶語：琵琶聲，琵琶所彈奏的樂曲。**暫**：猝然；突然。《左傳‧僖公三十三年》：“武夫力而拘諸原，婦人暫而免諸國。”《史記‧李將軍列傳》：“廣（李廣）暫騰而上胡兒馬。”**翻作**：依曲填詞。

四句讚揚琵琶女的技藝，並點出“琵琶行”。

21　**“感我”六句**：她為我的這番話所感動，久久站立，然後退回原處坐下，把弦綫擰得更緊，弦聲轉而變得急促。弦聲淒淒，不似剛才的音調。再聽她彈琵琶，滿座都感動得流下了淚水。座中流淚誰最多？淚水霑濕了我的青衫。

良久：許久；好久。**卻坐**：退回原處坐下。**促弦**：使弦緊。**向前**：剛才。**青衫**：唐代八、九品文官所服。作者雖為江州司馬，而官階只是最低的將仕郎，從九品，着青色官服。

以上為一段，聯繫自己的遭遇，訴說“天涯淪落”之恨。

畫竹歌 並引

協律郎蕭悅善畫竹，舉時無倫。蕭亦甚
自秘重。有終歲求其一竿一枝而不得者。知
予天與好事，忽寫一十五竿，惠然見投。予
厚其意，高其藝，無以答貺，作歌以報之，
凡一百八十六字云。

蕭悅，蘭陵（今山東省臨沂市）人，善畫竹。他
畫的竹瘦勁而有雅趣，唐人朱景玄《唐朝名畫錄》對
其頗為推崇。

這首詩，運用對比、誇張和襯托的手法，對蕭
悅畫竹的藝術特點作了生動的介紹。全詩由一般到
具體，最後歎其年老藝絕，脈絡清楚，佈局得體。
前人謂香山七言歌行 "敷衍有餘，步驟不足"，實是
妄說。

植物之中竹難寫，古今雖畫無似者。蕭
郎下筆獨逼真，丹青以來唯一人。[1] 人畫竹
身肥臃腫，蕭畫莖瘦節節竦。人畫竹梢死羸
垂，蕭畫枝活葉葉動。[2] 不根而生從意生，不

筍而成由筆成。野塘水邊碕岸側，森森兩叢
十五莖。³ 嬋娟不失筠粉態，蕭颯盡得風煙
情。舉頭忽看不似畫，低耳靜聽疑有聲。⁴ 西
叢七莖勁且健，省向天竺寺前石上見。東叢
八莖疏且寒，憶曾湘妃廟裏雨中看。幽姿遠
思少人別，與君相顧空長歎。⁵ 蕭郎蕭郎老可
惜，手顫眼昏頭雪色。自言便是絕筆時，從
今此竹尤難得！⁶

注釋

1 **"植物"四句**：植物當中竹最難畫，從古到今雖不乏畫
   竹的人，但沒有一個能畫得似的。唯獨蕭郎落筆逼真，
   自從有繪畫藝術以來，畫得這樣好的，只有他一個。
   郎：古代對青年男子的美稱。**丹青**：古代繪畫用的兩
   種顏料，也泛指繪畫藝術。《晉書·顧愷之傳》："尤善
   丹青。"
   四句用誇張和反襯手法；寫蕭郎畫技高超。

2 **"人畫"四句**：別人畫竹子，畫得竹身肥大臃腫；蕭郎
   畫竹子，畫得竹莖瘦挺，節節聳立。別人畫竹子，畫得
   毫無生氣；蕭郎畫竹子，畫得枝葉活動。
   竦：聳立。**死贏垂**：萎靡下垂，毫無生氣。
   四句以對比手法，寫蕭郎畫竹的藝術特點。

以上為一段，泛詠蕭郎畫竹，為下段作準備。

3 **"不根"四句**：這幅畫上面的竹子，不是由根生出，也不是由筍長成，是由蕭郎經過藝術構思畫成的。那十五莖竹子畫作繁密的兩叢，安排在野塘水邊和彎曲的岸旁。

根、筍：均用如動詞。**碕**：曲岸。

四句寫畫中景。"野塘水邊碕岸側"，是畫中竹子的陪襯。

4 **"嬋娟"四句**：竹子畫得維妙維肖，連嫩竹上的一層白粉都畫出來了；在風煙中蕭颯的情態，表現得淋漓盡致。擡頭忽地一看，覺得它不像畫；低耳靜聽，似覺蕭蕭有聲。

嬋娟：美好。**筠粉**：嫩竹上的一層白色的粉狀物。

四句用誇張手法，寫畫竹的逼真。是合寫。

5 **"西叢"六句**：西邊一叢共有七莖，它們都畫得勁健挺拔，記得曾在天竺寺前面的石上見過。東邊的一叢共八莖，畫得疏朗蕭瑟，記得曾在雨中的湘妃廟裏看過。畫中竹子幽雅的姿態和高遠的情趣，很少人能夠識別和領會，我只好與你徒然地相顧長歎啊！

省：記得。**天竺寺**：在杭州西山，以產竹著稱。**湘妃廟**：亦名湘夫人廟。在今湖南省洞庭湖君山上。**遠思**：高遠的情趣。**少人別**：很少人能識別領會。

六句以天竺寺、湘妃廟的真竹襯托，寫畫竹的神態。前四句分寫，後二句合寫。

以上為一段，詠蕭郎所贈畫。

6 **"蕭郎"四句**：蕭郎啊蕭郎，您年已老邁，手顫眼昏，頭髮雪白，實在可惜。您說現在是絕筆的時候，從今以後，這樣的畫竹就更難得了。

四句為一段，歎蕭郎年老藝絕。

花非花

這一首寫得很美，但意境朦朧，教人無法捉摸。這種如霧似花、非霧非花的東西是什麼？

花非花，霧非霧。夜半來，天明去。[1] 來如春夢幾多時，去似朝雲無覓處。[2]

注釋

1　"花非"四句：說是花，不是花；說是霧，又不是霧。深夜才到來，天明就離去。

2　"來時"二句：來的時候，如春夢匆匆；去的時候，像朝雲無法尋覓。

憶江南 詞三首

題下原注："此曲亦名《謝秋娘》，每首五句。"
《憶江南》相傳是李德裕鎮浙西時為妾謝秋娘製，後
改為《望江南》，至晚唐、五代，成為詞體的一種。
郭茂倩《樂府詩集》列為"近代曲辭"。

白居易早年常往來於浙、皖、贛之間，對蘇、
杭本就十分熟悉，後來又先後任杭州和蘇州刺史，對
兩地自然有深厚的感情。杭州是"繞郭荷花三十里，
拂城松樹一千株"（《餘杭形勝》）的江南名城；蘇州
是"處處樓前飄管吹，家家門外泊舟航"（《登閶門閒
望》）的東方威尼斯。這兩個地方的優美風物，都給
他留下深刻的印象。離開蘇州時，父老泣別，相送十
里，此情此景，他更足難以芯懷。《憶江南》詞二首，
抒發了他對蘇杭二地的懷念之情。三首是一個整體：
首章泛寫"憶江南"，其次憶杭州，最後憶蘇州。各
首開頭以"江南"連接，三首結句連成一氣，整組詩
結構緊密。

一

江南好，風景舊曾諳。[1] 日出江花紅勝火，春來江水綠如藍。能不憶江南？[2]

注釋

1　"江南" 二句：江南好啊！那裏的風景往日曾十分熟悉。
　　諳：熟悉。
　　兩句總起下文。

2　"日出" 三句：太陽出來的時候，江花比火還要紅艷；春天一到，江水就如藍靛一般碧綠——這樣美好的地方，怎不令人思念？
　　藍：藍草，蓼科植物名。其葉所製藍靛等染料，碧如天色。此指由藍草提煉的染料。
　　前一句承 "好" 字，寫令人難以忘懷的江南美景。結句以反問總結全篇，回應開首。作者用高度概括的筆法，描繪了兩幅有代表性的江南風景圖，給人留下深刻的印象。兩句以境界開闊、色彩鮮艷、富於江南情味為人們所喜愛。

二

　　江南憶，最憶是杭州。¹ 山寺月中尋桂子，郡亭枕上看潮頭。何日更重遊？²

注釋

1　"江南"二句：思念江南啊！最令人思念的是杭州。
　　首句點題，次句總起下文三句。

2　"山寺"三句：到山寺去尋找月中桂子，在郡亭躺着觀賞錢塘江潮——哪一天能再去重遊？
　　月中桂子：據《南部新書》：杭州靈隱寺多桂，傳為月中種。中秋望夜，桂子墜地，可拾而得。白氏《東城桂》詩自注云："舊説杭州天竺寺每歲秋中有月桂子墜。"宋之問有"桂子月中落，天香雲外飄"句，可以參讀。**郡亭**：古代州郡署有花園，曰"郡圃"；內置亭，即所謂"郡亭"。**枕上看**：極言亭上看潮方便。**潮頭**：杭州錢塘江入海處，潮水洶湧，謂為奇景，每至八月中旬，觀者甚眾。
　　前二句承"最憶"二句，寫在杭州的兩件最難忘的樂事。結句表示重遊的願望。

三

江南憶，其次是吳宮。[1]吳酒一杯春竹葉，吳娃雙舞醉芙蓉。早晚復相逢？[2]

注釋

1 "江南"二句：思念江南啊！其次思念蘇州。"其次是吳宮"有版本作"其次憶吳宮"。

   吳宮：指蘇州。蘇州為春秋時吳國都城所在地，吳王夫差為西施建館娃宮於此。

   首句點題，次句統領下文。"其次"二字，承接第二首。

2 "吳酒"三句：飲一杯蘇州的春酒，愜意極了；蘇州的美女，雙雙起舞，宛如風前搖曳的兩枝"醉芙蓉"——蘇州啊，我與你什麼時候能再相逢呢？

   春竹葉：春天的酒。春，指季節。因常時名酒多以"春"字名之（如"富水春"、"若下春"等），故亦有雙關義。竹葉，酒名。非吳地特產。此代指酒。**吳娃**：蘇州美女。吳地稱美女為"娃"。**醉芙蓉**：形容舞伎之美。《杜陽雜編》："寶曆二年，淛東國貢舞女二人：一曰飛鸞，二曰輕鳳……每歌舞罷，上令內人藏之金屋寶帳，恐風日所侵故也。宮中語曰：'寶帳香重重，一雙紅芙蓉。'"參讀《長恨歌》"芙蓉如面柳如眉"句。**早晚**：何時。

   前二句承"憶"字，寫蘇州的春酒、舞伎。結句希望能再與蘇州相逢。

浪淘沙 （六首選二）

《浪陶沙》，唐教坊曲名，《樂府詩集》列為"近代曲辭"。劉禹錫、白居易均有擬作。唐以後，文人沿用此題，另作新體，成為詞牌的一種。這組詩寫作時間不詳，可能是晚年之作。這裏選的是第二、第三兩首。

之二

這一首寫大自然無窮的力量和巨大的變化，隱含作者對社會人生變幻的感慨。

　　白浪茫茫與海連，平沙浩浩四無邊。[1]
　　暮去朝來淘不住，遂令東海變桑田。[2]

注釋

1　"白浪"二句：茫茫的白浪與海相連，浩瀚的沙灘四面無邊無際。

兩句寫白浪、平沙。

2　**"暮去"二句**：海浪暮去朝來，不停地沖洗沙灘，於是使東海變成了桑田。

　　東海變桑田：《神仙傳》載，麻姑對王遠説："接待以來，已見東海三為桑田。向到蓬萊，水又淺於往昔，會時略半也。豈將復還為陵陸乎？"王遠回答説："海中行復揚塵耳。"

　　兩句説，由於海浪不停地沖洗，灘會變成海，海會變成灘，"東海變桑田"便有可能成為現實。

之三

這一首寫作者雨中夜過青草湖的所見所感。

> 青草湖中萬里程，黃梅雨裏一人行。[1]
> 愁見灘頭夜泊處，風翻暗浪打船聲。[2]

注釋

1　**"青草"二句**：行程萬里，我冒着黃梅雨獨自乘船經過青草湖。

　　青草湖：在今湖南省岳陽縣西南，北連洞庭湖。瀟、湘、汨羅諸水注入湖中。**黃梅雨**：《名義考·天部》：

"《埤雅》云:'江湘、兩浙,四、五月間梅欲黃落,則水潤土溽,礎壁皆汗,鬱蒸成雨,謂之梅雨。'""《說文》:'物中久雨青黑曰黴'……則'梅雨'上'梅'當作'黴',因雨當梅熟,遂訛為'梅雨'。"

兩句寫雨中過青草湖。"黃梅雨",既寫湖中之景,也交代了時間。"萬里"與"一人"互為映襯,再加上茫茫的湖水、綿綿的"黃梅雨",渲染出孤寂愁慘的氣氛,表現了作者此時此地的心情。

2 "愁見"二句:看見灘頭小舟夜泊的地方風翻暗浪,聽見波浪拍打着船舷的聲響,我不禁滿腹愁緒。

兩句寫過青草湖所見、所感。兩句有景、有聲、有情,主觀與客觀高度統一。

附錄：白居易年譜簡編

白居易，字樂天，號香山居士，祖籍太原。曾祖溫始移居下邽（今陝西省渭南市）。祖鍠，河南鞏縣令，善屬文，工詩，有文集十卷。父季庚，官至襄州別駕。

唐代宗大曆七年壬子（772）一歲

大曆八年癸丑（773）二歲
五月，祖鍠卒於長安。

大曆十一年丙辰（776）五歲
始學為詩。弟行簡生。

大曆十二年丁巳（777）六歲
祖母薛氏卒於新鄭（今河南省新鄭縣）。

德宗建中元年庚申（780）九歲
父季庚由宋州司戶參軍改授徐州彭城縣（今江蘇省徐州市）令。

建中三年壬戌（782）十一歲
父季庚與徐州刺史李洧堅守徐州，拒李納，有功，授徐州別駕。

建中四年癸亥（783）十二歲
時兩河兵亂，始避難於越中（今浙江省一帶）。

興元元年甲子（784）十三歲
幼弟金剛奴（幼美）生。

德宗貞元元年乙丑（785）十四歲
避亂於蘇杭。

貞元二年丙寅（786）十五歲
在越中。

貞元三年丁卯（787）十六歲
始至長安。以詩文謁名士顧況，況激賞《賦得古原草送別》詩，為之延譽。

貞元五年己巳（789）十八歲
在長安。

貞元七年辛未（791）二十歲
在徐州符離縣（今安徽省宿縣符離集）。

貞元八年壬申（792）二十一歲
弟金剛奴夭。

貞元十年甲戌（794）二十三歲

在襄陽。五月，父季庚卒於襄州（今湖北省襄陽）別駕任所，年六十六。

貞元十四年戊寅（798）二十七歲

居浮梁。家移至洛陽。

貞元十五年己卯（799）二十八歲

秋，試於宣州（今安徽省宣城縣），為宣州刺史崔衍所貢。自兄幼文浮梁（今江西省浮梁縣）主薄任所赴洛陽省母。

貞元十六年庚辰（800）二十九歲

以第四名舉進士第，旋即東歸省親。

貞元十七年辛巳（801）三十歲

春，在符離；秋，在宣州。

貞元十八年壬午（802）三十一歲

冬，與元稹同試拔萃科，及第。元、白訂交。

貞元十九年癸未（803）三十二歲

春，授校書郎；始居長安常樂里。冬十月，在許昌。

貞元二十年甲申（804）三十三歲

為校書郎。二月，在洛陽。本年春，始徙家於秦，卜居渭上。

順宗永貞元年乙酉（即貞元二十一年。八月改元）（805）三十四歲

為校書郎。正月，德宗卒，太子誦即位，是為順宗；八月，傳位於太子純，是為憲宗。

憲宗元和元年丙戌（806）三十五歲

罷校書郎。與元稹居華陽觀。四月，應才識兼茂明於體用科，與元稹同及第。以對策激直，入四等，授盩厔縣（今陝西省盩厔縣）尉。在盩厔識陳鴻、王質夫，並與之同遊唱和。著名長篇敘事詩《長恨歌》作於此時。

元和二年丁亥（807）三十六歲

調充進士考官，補集賢院校理。十一月，授翰林學士。

元和二年戊了（808）三十七歲

為制策考官。四月二十八日，授左拾遺。四月，策試賢良方正能直言極諫科，牛僧孺、皇甫湜、李宗閔在對策中苦訐時政，忤犯宦官，為宰相李吉甫所惡，出為幕職。考策官、復策官均遭貶斥。白氏上《論制科人狀》，主持公道。九月，淮南節度使王鍔入朝，賂宦官，欲謀為宰相。白氏上《論王鍔欲除官事宜狀》，指陳其事。娶楊虞卿從妹為妻。

元和四年己丑（809）三十八歲

上疏屢陳時政，皆准之。弟行簡為校書郎。女金鑾子生。始作《新樂府》五十首。

元和五年庚寅（810）三十九歲

請罷討王承宗兵，不從。元稹與中使劉士元爭廳受辱，反以擅作威福貶江陵府士曹參軍。白氏上疏論救，亦不從。左拾遺任滿，五月，改官京兆府戶曹參軍。《秦中吟》十首約成於此時。

元和六年辛卯（811）四十歲

四月，母陳氏卒，丁憂三年，居渭村。女金鑾子夭。十月，遷葬祖鍠、父季庚於下邽。

元和九年甲午（814）四十三歲

冬，服除，還京授太子左贊善大夫。

元和十年乙未（815）四十四歲

六月，吳元濟遣人刺殺宰相武元衡。白氏上疏請捕賊雪恥，為執政所忌，以越位言事貶江州刺史。忌之者復言白氏母死於看花墜井，作《賞花》及《新井》詩有傷名教，不宜治郡，遂改貶江州司馬。著名文藝論文《與元九書》作於此時。

元和十一年丙申（816）四十五歲

在江州司馬任上。夏，兄幼文携弟妹數人自宿州至。

秋，作《琵琶行》。

元和十二年丁酉（817）四十六歲

在江州司馬任上。春，築草堂於廬山香爐峯下，寫
《草堂記》以誌之。三月二十七日遷居於此。四月九
日，與元集虛、東西二林長老等二十二人聚於此。是
日，遊大林寺。閏五月，兄幼文卒於下邽。

元和十三年戊戌（818）四十七歲

在江州司馬任上。弟行簡自東川至。十二月，除忠州
刺史。

元和十四年己亥（819）四十八歲

舉家自江州啟程，弟行簡隨行。三月，至夷陵（今宜
昌），時元稹自通州司馬轉虢州長史，十一日，元、
白邂逅於峽口，泊舟夷陵，敘三日而別。二十八日抵
忠州。

元和十五年庚子（820）四十九歲

夏，自忠州召還，拜尚書司門員外郎。尋充重考訂科
目官。

穆宗長慶元年辛丑（821）五十歲

正月，拜尚書主客郎中、知制誥，加朝散大夫，復轉
上柱國。四月，充重考試進士官，重試及第進士鄭朗
等十數人。時牛、李黨爭起，前後垂四十年。

長慶二年壬寅（822）五十一歲

正月，上疏言事，皆不用。時朝政荒落，朋黨相傾，乃求外任以遠禍。七月，除杭州刺史；宣武軍亂、汴路不通，乃由襄漢輾轉赴任，十月一日始至杭。弟行簡授左拾遺。從弟敏中進士及第。

長慶三年癸卯（823）五十二歲

在杭州刺史任上。時元稹遷浙東觀察使、越州刺史，十月，與白氏會於杭州，數日而別。別後，二人唱和不輟。

長慶四年甲辰（824）五十三歲

在杭州刺史任上。築堤蓄水，浚城中李泌六井。五月，任滿離杭，除太子左庶子、分司東都。卜居於洛陽履道里。冬，元稹編《白氏長慶集》五十卷，並為之序。

敬宗寶曆元年乙巳（825）五十四歲

三月四日，除蘇州刺史。二十九日自東都啟程，五月五日到任。弟行簡遷主客郎中，加朝散大夫。

寶曆二年丙午（826）五十五歲

秋，以眼疾免郡事。冬，與劉禹錫遇於楊子津，二人結伴歸洛陽。是時，弟行簡卒。

文宗大和元年丁未（827）五十六歲

三月，召拜秘書監。十月，文宗誕日，詔與安國寺沙門義林、太清宮道士楊弘元於麟德殿論三教異同。

大和二年戊申（828）五十七歲

正月，除刑部侍郎，封晉陽縣男。繼元稹所編《白氏長慶集》五十卷後，續編《文集》，有《後序》。續編與元稹唱和之作成《因繼集》，有《因繼集重序》。

大和三年己酉（829）五十八歲

春，稱病，免歸，以太子賓客分司東都。九月，元稹自越徵為尚書左丞，元、白會於洛陽。冬，子阿崔生。編《劉白唱和集》。

大和五年辛亥（831）六十歲

除河南尹。子阿崔夭。從弟敏中自殿中侍御史出為邠寧副使。七月二十二日，元稹卒於武昌任所，年五十三。冬，與劉禹錫會於洛陽，酬唱半月。

大和六年壬子（832）六十一歲

在河南尹任上。為元稹撰墓誌，得潤筆六七十萬錢，悉布施香山寺。與寺僧如滿結方外交，自號香山居士。薦李晏、韋楚。

大和七年癸丑（833）六十二歲

四月二十五日，以病免河南尹，再授太子賓客分司。

編《劉白吳洛寄和集》。

大和九年乙卯（835）六十四歲

九月，除同州刺史，不拜；改太子少傅、分司東都；進封馮翊縣侯。自編《白氏文集》六十卷，藏於廬山東林寺。有《東林寺白氏文集記》。

開成元年丙辰（836）六十五歲

《白氏文集》六十五卷編成，藏於東都聖善寺。有《聖善寺白氏文集記》。

開成二年丁巳（837）六十六歲

三月三日，與東都留守裴度、河南尹李珏及太子賓客劉禹錫等數人修禊於洛濱。

開成四年己未（839）六十八歲

二月，編成《白氏文集》六十七卷藏於蘇州南禪院。十月，得風疾。

開成五年庚申（840）六十九歲

冬，自編《白氏洛中集》十卷藏於香山寺。有《香山寺白氏洛中集記》。

武宗會昌元年辛酉（841）七十歲

從弟敏中自殿中侍御史分司東都事務，遷戶部員外郎。

會昌二年壬戌（842）七十一歲

罷太子少傅，以刑部尚書致仕。七月，劉禹錫卒，年七十一。

會昌四年甲子（844）七十三歲

施家財，開龍門石灘，以利舟楫。

會昌五年乙丑（845）七十四歲

三月，於洛中履道里宅為"七老會"。夏，又合僧如滿、元爽為"九老圖"。

會昌六年丙寅（846）七十五歲

八月，卒。贈尚書左僕射。十一月，葬於龍門。